作者81岁照

党宪宗，陕西合阳人。中国作家协会会员，中华诗词学会会员，中华文化促进会旅游文化研究员。陕西省第二届最具文化影响力人物。曾出版纪实文学《沉重的母爱》《沉重的回报》《沉重的陪读》"沉重"系列三部曲，诗集《黄河颂》《黄土地的儿子》，长诗《血祭九一八》等多部著作。先后荣获柳青文学奖、杜鹏程文学奖、渭南市"五个一工程奖"等多种奖项。

作者(前排右二)与家人合影

# 天下斋吟稿

党宪宗 著

西北大学出版社
·西安·

图书在版编目（CIP）数据

天下斋吟稿 / 党宪宗著. -- 西安：西北大学出版社, 2024. 8. -- ISBN 978-7-5604-5485-6

Ⅰ．I227

中国国家版本馆 CIP 数据核字第 2024YF1855 号

# 天下斋吟稿
## TIANXIAZHAI YINGAO

党宪宗　著

出版发行　西北大学出版社
（西北大学校内　邮编：710069　电话：029-88302825　88303593）
http://nwupress.nwu.edu.cn　E-mail: xdpress@nwu.edu.cn

| | | |
|---|---|---|
| 经　销 | 全国新华书店 | |
| 印　刷 | 陕西龙山海天艺术印务有限公司 | |
| 开　本 | 850 毫米×1168 毫米　1/32 | |
| 插　页 | 2 | |
| 印　张 | 9.375 | |
| 版　次 | 2024 年 9 月第 1 版 | |
| 印　次 | 2024 年 9 月第 1 次印刷 | |
| 字　数 | 180 千字 | |
| 书　号 | ISBN 978-7-5604-5485-6 | |
| 定　价 | 68.00 元 | |

本版图书如有印装质量问题，请拨打 029-88302966 予以调换。

# 行走在路上
## ——终生的追求

党宪宗

代序

# 《天下斋吟稿》阅读笔记(代序)

## 刘炜评

《天下斋吟稿》是老作家党宪宗先生的一部诗词自选集,我有幸先睹为快。心灯明盛、诗情炽烈、笔致恣肆、文采飞扬、内容丰富、体式多样,构成了这部诗集的基本品相——这是我细读一过的鲜明印象。

我所理解的"心灯",一言以蔽之,个体精神生命光芒之谓也。古今中外百业千行里,能够真正立定脚跟做事者,莫不秉灯前行,义无反顾。心灯之光的明晦,取决于持灯者对于"光源"的择选和对于"光焰"的执守。

诗人党宪宗心灯的光源,本乎中华文学优秀传统。"诗言志""诗缘情而绮靡""文以载道""文章合为时而著,歌诗合为事而作"等等义理,融化于他的情感血脉,成为他才笔腾挪闪展的引擎。又得助于人生阅历、体验、思考的积累,成就了这部情深义正的诗集。

作为党公的晚辈与忘年交,我对他的感受,非"合阳能人""名邑贤达"所能概括。第一次见到先生,就惊喜、心仪于这位老者虽年逾六旬,却活力四射不让青年的精气神。二十多年后席上谈笑，先生依然神完气足不减当年。而最让我敬佩的，是先生多年来以多才多艺的禀赋和务实干练的能耐，在商业领域取得斐然成就的同时，亦于文学世界里开辟、拓展出了一片属于自己的灿然天地。"沉重"系列三部曲以及众多散文、诗歌的问世，早已为他赢得了广泛的社会赞誉。这部《天下斋吟稿》，则是他二十多年来——六十岁至八十多岁期间诗词创作的丰获呈现。

《天下斋吟稿》是党公用一腔热血谱就的长歌短曲。收入本书中的诗作，题材涉及咏史、怀古、纪行、纪事、感怀、赠答等。作者以真诚的人文情怀和敏锐的感受力、洞察力"目尽青天怀今古"，搦管为诗畅襟怀，描绘了一幕幕鲜活、生动的现实、历史场景，旗帜鲜明地彰显了捍卫真善美、鞭挞假恶丑的立场，传递了对人生和社会的独立见解与多重感悟。可以说，几乎每首诗都情由衷发，意不虚表，读来既让读者感动，又激发读者思考。

翻开诗集，首先映入眼帘的是作者激昂豪迈、永不言败的精神风貌。在《六十生日抒怀》中，诗人写道："永系忧乐天下斋，痴心不改奋蹄忙。吾不信，霜发不敌初生犊，又逢甲子两开张。起兵西岐姜子牙，邓公八十重启航……乘风九万里，破浪下五洋……"我们从字里行间看到了一位志在千里的勇士，即便霜染双鬓，依然怀揣着天下忧思和对理想的憧憬而奋力前行的走行姿态。二十多年后的《鲁奖落选有感》其四的"欲擂战鼓恐其难，八秩高龄又四年。迈步从头天下走，中流击水再升帆"之句，更让我们感受到诗人坚定不移、老当益壮的"心电图",着实令人感佩不已。

这部诗集中最动人的篇章,首先是有关底层人民群众生存实况的书写。党先生出身草根,深知"下苦人"的艰辛与不易。对百姓的悲悯与同情,如同一股深沉的潜流,贯穿于他的心头和笔端。在《果农心声》里,作者以"冬至剪枝春施肥,谷雨浇水夜夜归。借款购药树上洒,携子疏果地里炊"逼真描写果农们日复一日的辛勤劳作;以"套袋雇人心头肉,结网防雹夜锁眉。夏至最怯龙卷风,七月更怕武帝雷"细腻刻画他们内心的忧虑与恐惧;"霜降熟时无客问,喇叭声声把税催",则深刻地反映了他们面临的困境;一声"多产少收钱不赚,古今贫贱是农家"的沉重叹息,道尽了天下农人的辛酸;"学费如山声载道,农家疾苦有谁闻",更是对社会现实的悲愤质问。《农妇十歌》里,农村妇女的勤劳、艰辛与贤惠令人动容:"灯下抚儿影成双,情乱如丝望南疆。侬身虽苦皆为你,最恼夫君伴舞娘。"

这一类作品中,最读来令人动容的是《打工群组诗》。这组五古以打工群体的生活为主题,全面而深刻地书写了打工者的各种境遇和遭际,展现了他们在工作、家庭、情感等方面的困难与挣扎,反映了他们在城市中的边缘化地位和生活的艰辛,以及由此带来的家庭问题和社会矛盾。对各类打工者的摹写细致入微,使读者能够感受到他们的喜怒哀乐,同时也展现了他们生命力的坚韧和对美好生活的渴望。

清人程廷祚说:"汉儒言诗,不过美刺二端。"美即肯定、赞赏,刺谓否定、贬斥。其实岂止汉儒重视美刺,可以说,自

《诗经》以至于今,美刺精神一直为我国历代优秀诗家所重视和赓续,成为一种良好的文学传统。党先生的大量诗作,是对这一传统的积极秉持、努力践行。从古代的屈原、杜甫、岳飞到当代的霍松林、陈忠实、吴天明等等,诗人倾注深情地歌之颂之。如《水龙吟·焦裕禄》中的"问苦扶贫,行程万里,油盐柴米。探沙源风口,治盐排涝,除三害,谋福利"之句,生动展现了焦裕禄一心为民的公仆形象,又以"日夜操劳忘己。患肝癌,民情难弃。生其兰考,病其草庶,死而不已"赞美、缅怀焦裕禄鞠躬尽瘁、死而后已的人格情怀。

但作者诗笔更多的关注点,在于讥刺、抨击昔今社会存在的种种弊病。如"富僧贵道择豪寓,寒士穷儒卧庶门"(《游西湖岳坟有感》)、"谁家华舍耸云霄,汗血胡毛仰首嚎"(《住某宾馆有感》)、"满市传单处处扬,老师补课有奇方"(《补课有感》)等,都在毫不留情地揭露不合理现象的同时,毫不躲闪地表明了是非曲直立场。

《偶遇》一诗,对一位曾经红极一时的乡村极左人物的"速写"极为传神,令人不禁想起小说《芙蓉镇》里的王秋赦:"弱弱一老叟,当年好威风。任任队干部,场场运动红。阶级观念强,处处爱斗争。文革打砸抢,批判是英雄。知识皆粪土,优秀是贫农。满目尽牛鬼,唯他对党忠。老少尽相欺,父母亦不容。年年当勇士,榜榜表战功。人老弥华茂,将终恋风情。世间多转化,朝夕龙变虫。今天沦此境,村民乐由衷。劝君常行善,自然阴阳平。"生动地刻画了其人的可恶可笑复可悲可叹,并由此揭露了那个特殊时代的荒诞,读来令人深思。

《长恨歌广场》中对当今个别商业化演出的讽刺辛辣至极："如今世事不为奇,父纳儿妻最适宜。政府耗银标典范,情人拜偶唱相依。上天已做同林鸟,入地何能连理枝。请问大师谁有胆,李杨合冢葬高骊。"结尾既出人意表又在情理之中的诘问,尤其显示出诗人的非凡胆识。

咏史之作是这部诗集的又一个重要板块。党公以深邃的目光审视历史的曦风晦雨,以犀利的笔触抒发识见。如《马嵬坡有感》其三对李隆基的讽刺:"游人寥寥日黄昏,野草萋萋伴孤坟。生前高唱比翼鸟,三郎做了负心人。"让读者对这位风流帝王的虚伪有了更显豁的认识。《香港十歌》中,既有对国耻的沉痛记录:"杀气腾腾魔西来,南海咆哮战事开。琦善投降大沽口,英雄壮烈虎门台。白金汉宫女王舞,紫禁城里道光哀。南京条约百年耻,香港沦陷起阴霾。"(《割让香港岛》)也有对历代先烈的深情歌颂:"浩然正气文天祥,留取丹心零丁洋。世杰跪主横剑死,秀夫负帝纵海亡。二百宝岛皆芳骨,一曲悲歌尽香江。"(《宋王台》)更有对香港回归曲折历程的允当述议,悲喜交加之情溢于言表:"两地相期百余年,几度欲圆又未圆。昔日家事千头绪,今朝国力九州冠。神乱失足铁娘子,语出惊座邓希贤。二十二轮唇舌战,中英公报新纪元。"(《中英会谈》)

组诗《纪念全民族抗战爆发77周年诗四十首》最能显示党公咏史之作内容的深厚和笔力的沉雄。这组诗从甲午战争写起,通过回顾日俄战争、二十一条之耻、济南惨案、九一八事变、烽火长城、淞沪之战、南京大屠杀、徐州会战、武汉会战、平型关大捷、百团大战、重庆大轰炸、铁军远征、长沙会战、文化抗战等一系列重要的历史事件，控诉了战争的残酷和无情，展现了中国军民同心戮力抵御外侮、英勇无畏、不怕牺牲、不屈不挠的精神风貌。每一首诗都充满了浓烈的爱国情怀、对侵略者的愤怒谴责、对受难同胞的同情和哀悼，同时让读者更加深刻地认识到抗日战争的复杂性和残酷性、人类和平的珍贵和不易。这组诗在艺术上也具有很高水平——意象丰富，语言生动，纪事简要准确，写人栩栩如生。其中"英雄甘洒英雄血，壮士何惜壮士头""巍巍将士魂归土，朗朗乾坤血染天"等刻画、歌颂抗日英雄的诗句，饱含深情，气势恢宏，修辞立其诚、见其智，因而具有强烈的感染力。

对于历史事件和人物，党公往往有着独到而深刻的评价。如写太平天国："昌辉龙，杨府虎，血雨腥风，尸垒长江堵。壶里春秋能几许？短命王朝，陨落斜阳处。"客观地指出了其内部的混乱、争斗必然导致由盛而衰的短暂命运；以"胜其忽，亡亦速，自古揭竿，尽把初心负。淫乱骄奢万民怒，无辜生灵，陪葬钟山土"结篇，更进一步指出历代农民举义者历史局限的某些共性。

党公的诗作中，诸多议论切中要害，一针见血，发人深省。"世人只责奸臣罪，昏君之过胜奸臣"，让我们看到了诗人对历史的深刻洞察；"世间多少千里马，无有伯乐枉自哀"，表达了对人才被埋没的惋惜与不平；"明知百姓声声泪，却做昏王夜夜情"，更是对心无远虑的发迹者的无情批判。

党公的诗作善用对比手法，给人以强烈的冲击和深刻的思考。如"农夫南岭邀明月，富户华灯戏玉蟾。半盏茅台十万两，一车小麦五文钱"（《中秋有感》）等，通过鲜明强烈的对比再现世道人情的真底色，读来令人联想到白居易《红线毯》《轻肥》等批判现实主义诗作的力透纸背。

党公习诗、写诗数十年，孜孜矻矻，转益多师，对于诗词道法，有着与年深入的体味和认知。例如，关于诗词韵律的新旧之争，迄今莫衷一是，但对于每一位当代旧体诗写作者来说，这又实在是一个不能回避、必须面对的问题。党公的《新旧诗韵戏说三首》以幽默诙谐的"杂谈"口吻表明了自己的态度：揶揄"大师论律著奇文，吟唱声情仿古人。山后两间茅草舍，劝君摇羽戴纶巾""考官不晓宋朝韵，老太九斤又上场"的墨守成规、僵化守旧，旗帜鲜明地表明了对新声新韵的接纳和认可："入声早已随时灭，不坐飞机跨马摇。"以这样的理念写诗填词，使其诗笔的驱驰获得了极大的解放、自由。笔者对此不仅理解而且赞同，有拙作为证："禹甸立新破旧难，况逢平水老营盘。愿为关胜打头阵，纵马挺刀天地宽。""韵舺驶出平水湾，诗篙舞向自由天。江南江北霞云好，任我撷来织彩帆。"（《试笔六首拥护"中华通韵"颁布并呈星汉教授》其一、其二）但在实践方面，我做得还很不够，所以，要向党公致敬。

党公的古体诗朴素深沉，直承了汉魏至唐代古诗的"浑沦"风调。近体诗则既以气势雄健为胜，又注重精心锤炼字句，体现出与杜甫相近的"意匠惨淡经营中""为人性僻耽佳句"的追求，令我印象最深的是律体中的对仗，大多十分精彩，如"十万头颅扶帝座，一川血水祭开元"（《东行十二首》）、

"天远日红荒野阔,沙平风静枣花稀"(《西行十二首》)、"困守长安忧社稷,惊闻鼙鼓破霓裳"(《咏史十六首》)、"父子地头分你我,夫妻会上斗雌雄"(《梨花沟旧事有感十首》)、"斜阳尽染秦皇道,芦草羞遮处女泉"(《与平凹四日游四首》)等,莫不既见诗思滂沛,又显功力深厚。

党公的诗词,既多豪放奔放之作,上举诸篇多属此类,又不乏细腻温婉之咏,如《蝶恋花·无题四首》《踏莎行·处女泉怨》《卜算子·无题四首》《雨霖铃·无题二首》等。限于篇幅,兹不详析。总而观之,可谓"主调"突出,又兼顾了多样性,值得称道。

愿更多读者走进《天下斋吟稿》的世界,感受它的魅力,汲取它的"诗力"!

2024 年 6 月

(刘炜评,陕西商州人,现为中华诗词学会常务理事、陕西省诗词学会副会长、西北大学文学艺术创作研究院院长,西北大学文学院教授)

目录

## 古 风

3 / 六十生日抒怀

5 / 蜀道易

7 / 马嵬坡有感

8 / 立冬有感

9 / 五哭君祖兄

11 / 泰陵有感

12 / 车行乌泥村二首

13 / 农妇十歌

16 / 香港十歌

20 / 钱塘江观潮

22 / 岳坟有感

23 / 无题

24 / 处女泉赞

25 / 果农心声

26／癸酉年八月感慨

27／秋思

28／寄在校大学生

29／龙门

30／有感于雷简夫荐三苏

31／诗二首

32／元日即景

33／中秋有感

34／竹园

35／打工群组诗

41／偶遇

43／考场外有感

45／界头庙抒怀

46／无题四首

52／丧事有感

54／陪读泪

56／龙门遇狂风暴雨而作

## 五　律

61／夜宿石堡

# 目 录

62 / 庚寅春节和王锋

63 / 旧事有感

64 / 和王锋甲午首日有感

65 / 赠太白文艺出版社

66 / 破五有感

67 / 无题二首

68 / 辛卯除夕有感二首

69 / 上杭行

70 / 登临江楼

71 / 阿里山

72 / 日月潭

73 / 滇池

74 / 洱海

75 / 夜宿腾冲

76 / 港珠澳大桥通车有感

77 / 农家中秋之夜三首

79 / 中秋二首

80 / 乘车回合阳过几个村庄有感

81 / 车过桥头河有感

82 / 春节前遇大雪有感

## 七　绝

85 / 车过洛河有感

86 / 嘉峪关

87 / 元旦感怀二首

88 / 七绝八首

90 / 喜逢春雨而作十首

93 / 杭州随感八首

95 / 沉重悼念吴天明兄

97 / 沉重悼念陈忠实兄

99 / 沉重悼念霍松林老师

100 / 沉重悼念刘文西老师

101 / 梨花沟有感二首

102 / 农忙有感二首

103 / 台风烟花

104 / 无题

105 / 悼刘国兰五首

107 / 悼念恒训友四首

109 / 新旧诗韵戏说三首

110 / 悼志斌君六首

112 / 赠琪琪四首

114 / 春节有感四首

115 / 秋思十首

118 / 鲁奖落选有感四首

119 / 赠雷珍民先生六首

# 七 律

123 / 西行十二首

128 / 东行十二首

133 / 梨花沟旧事有感十首

137 / 与平凹四日游四首

139 / 桥头河

140 / 司马祠有感

141 / 寄某药店

142 / 过李自成行宫有感

143 / 曲江流觞有感

144 / 无题

145 / 赠曹晓山先生

146 / 中秋有感

147 / 元宵节感怀

148 / 悼王士哲先生

149 / 补课有感

150 / 赠王三毛父母诗四首

152 / 悼孝芳友四首

154 / 新疆行十首

158 / 赠颜顺孝先生

159 / 赠侄孙高江

160 / 和王锋先生六首

163 / 黄河二首

164 / 纪念全民族抗战爆发 77 周年诗四十首

178 / 有感伟大诗人四首

180 / 有感古代才女四首

182 / 骊山有感八首

185 / 戊戌春节有感

186 / 戊戌元宵节有感

187 / 戊戌中秋有感

188 / 再读《陋室铭》

189 / 游西湖岳坟有感

190 / 寄孙若林

191 / 赠马河声

192 / 游海南五公祠

193 / 黄河魂

194 / 福山

195 / 杭州中国作家之家有感

196 / 游福州三坊七巷有感

197 / 恭贺雷珍民先生艺术馆落成开馆

198 / 辛丑端午有感旧事八首

201 / 和贺娟芳《独夜》

## 词

205 / 沁园春·武帝山怀古

206 / 巫山一段云·登梁山

207 / 破阵子·登白云山

208 / 水调歌头·金沙滩怀古

209 / 贺新郎·登黄鹤楼

210 / 摸鱼儿·大雨登岳阳楼

211 / 破阵子·商事有感四首

213 / 临江仙·木罂渡怀古

214 / 临江仙·武帝山上望司马祠

215 / 踏莎行·武帝夜宿如意村

216 / 踏莎行·处女泉怨

217 / 八声甘州·成陵有感

218 / 念奴娇·白云山

219 / 卜算子·无题四首

221 / 词四首：节令有感

223 / 蝶恋花·无题四首

225 / 雨霖铃·无题二首

226 / 昼夜乐·无题

227 / 祝英台近·无题

228 / 水龙吟·读书感怀（步贺娟芳原韵）

229 / 齐天乐·丁酉元宵夜有感

230 / 齐天乐·丁酉元宵夜寄孙若林

231 / 永遇乐·感叹李元昊

232 / 贺新郎·暮登贺兰山

233 / 念奴娇·登华山

234 / 贺新郎·神农谷感怀

235 / 沁园春·庐山有感

236 / 齐天乐·海南天涯海角

237 / 水龙吟·焦裕禄

238 / 望海潮·剑门关抒怀

239 / 满江红·扬州怀古

240 / 青玉案·读书（和贺娟芳）

241 / 沁园春·陕北怀古

242 / 一剪梅·夜雨

243 / 蓦山溪·和雷珍民先生（步〔宋〕宋自逊韵）

244 / 词十首：金陵有感

248 / 多丽·登山东天尽头

249 / 满江红·民生（和贺娟芳）

250 / 沁园春·雪

251 / 永遇乐·刘公岛

252 / 满江红·秦皇岛

253 / 词十二首

## 附　录

261 / 武帝山碑记

264 / 梁山赋

267 / 福山赋

270 / 处女泉赋

274 / 《岳阳楼记》笔会序

276 / 后　记

# 古风

古風

# 六十生日抒怀

今朝又发神经狂,高唱天地陈子昂。

举杯邀月登玉宇,潼关漫道话兴亡。

太白劝我将进酒,少陵偕同拜祠堂。

出塞大漠孤烟直,关河冷落朔风凉。

如今羌笛不怨柳,横戈大散雪茫茫。

哭王勃,吊李煜,岳阳楼上咏华章。

声如洪钟拥四道,举舞芭蕾燕飞翔。

高声唱,趁此好时光,纵情舞,千万莫彷徨。

君不见,多少顽友皆已去,独留青冢望夕阳。

君不见,多少同窗志已灭,空对江山悲冯唐。

纵情舞,高声唱,流言蜚语又何妨!

高楼大厦犹粪土,锦纶豪骑似螳螂。

安能忘,四十年前橘子洲,谒拜屈平骂楚王。

瓜洲渡口情无限,古城赋诗誉李姜。

秦淮商女犹知恨,凄风苦雨野鸡岗。

东吴石桥情人泪,渑池知己女戎装。

渭河水，一线黄，难负农夫半碗汤。

蓬头垢面归故里，艾叶插门戏西厢。

又谁晓、年少无知一狂子，驾车九省话沧桑。

把酒临风华山顶，挥毫高歌过长江。

岱宗绝顶怨天小，龙亭金殿审潘杨。

登黄鹤、游西子，东海岸边射天狼。

《三忆》①《三恨》②著情史，《狂人浪歌》③悲声长。

天生我材谁怜用？一夜浪名扬四方。

忆往事，路漫漫兮寒暑往，情悠悠兮海无量。

孰是孰非九霄外，笑骂尽付一壶藏。

青丝不老风雅在，童颜如月妒群芳。

永系忧乐天下斋，痴心不改奋蹄忙。

吾不信，霜发不敌初生犊，又逢甲子两开张。

起兵西岐姜子牙，邓公八十重启航。

狂飙银河为我一起从天落，乘风九万里，破浪下五洋。

身负数千学子泪，更堪我是农家郎。

文学桂冠谁来戴，关雎楼上三炷香。

---

①②③ 20世纪60年代初作者创作的诗歌名。

# 蜀道易

噫吁嚱，蜀道蜀道何所难。

蜀道易？蜀道难？我今赋诗赠青莲。

尔在天上十几载，人间变化几千年。

太白峨眉枉崔嵬，蚕丛鱼凫朽骨亦汗颜。

六龙回日高标已不在，冲波逆折潜深渊。

猿攀鸟鸣绝古栈，车辚马萧化云烟。

蜀道难？蜀道易！如今蜀道高速贯秦川。

十万壮士挥汗洒血何所惧，地崩山摧共工亦胆寒。

嘉陵桥，秦岭道，八百桥梁隧道相接连。

万辆猛虎插翅腾空起，无数长蛇穿梭山壑间。

劝君仙魂随吾游蜀道，驾车飞翔长空任盘旋。

极目太白峰，举手可摘日。茫茫高山峻岭似弹丸。

跨褒斜，越金牛，横穿阳平铁锁闯棋盘。

莫道排牙啮剑阁，尽笑几经易旗插上边。

乱石古渡评昭化，不屑马超勇战葭萌关。

征千岭，破百关，犹如天庭信步视若闲。

朱鹮迎我去,熊猫情可憨。

处处驿站人脱其甲马卸鞍。

蜀道易,蜀道易,蜀道千山万水一日还。

晨拜草堂杜工部,午谒诸葛定军山。

暮归曲江梦大唐,与君共话蜀道易于上青天。

望君勿复低头苦吟《石门铭》,举首重唱秦时明月汉时关。

如今天翻地覆已有几千回,阅尽人间春色赋新篇。

# 马嵬坡有感

## 一

本与寿王情意稠,玄宗授箓强封后。
世间多少颠倒事,皇家乱伦亦风流。

## 二

千人感慨千人歌,是非曲直难定夺。
呆儿床前一场戏,爱母魂断马嵬坡。

## 三

游人寥寥日黄昏,野草萋萋伴孤坟。
生前高唱比翼鸟,三郎做了负心人。

## 四

醉酒迷花一场空,天长地久糟糠情。
龙武哗变诛杨家,劝君养女勿恋龙。

# 立冬有感

## 一

北风飒飒落叶纷,未到酉时已黄昏。
大嫂提衣门前望,自古节令不饶人。

## 二

昨晚天上挂月牙,今宵朔风起初八。
夜市尚有各路客,铺前少女搬菊花。

## 三

汤后农院灯通明,婆媳剥黍天涯情。
夫君夜间何处去,儿衣单薄难御风。

## 四

轻歌曼舞夜深沉,星移斗横总是春。
更残楼空红颜冷,朝奉雨来暮伴云。

# 五哭君祖兄

## 一哭君祖

惊闻噩耗九天外,疑是蛩语梦中来。
疾步询问正乾事,方知君命昨已艾。

## 二哭君祖

三十年前浪花飞,天涯沦落心相随。
哭墓葬歌东流去,我今哭君情更悲。

## 三哭君祖

漫踏九省垢面归,伯母情暖游子魂。
日月虽逝情常在,哭君遥祭万里云。

## 四哭君祖

月兄愤世疾已长,尔性坦然命猝殇。
高堂泣恨失二子,母哺娇儿在黄粱。

## 五哭君祖

昨夜陈词叙情怀,今朝魂已赴灵台。

莫论人间道途远,生死无期哭英才。

# 泰陵有感

## 一

一路落叶一路风,几度欲问牧羊童。
若非毕沅山前字,岂知此处是泰陵。

## 二

励精图治开元史,春宵苦短帝王情。
龙不在兮凤已去,夕阳枯树捡柴翁。

## 三

一曲长恨千古评,粉黛乱纲乱无穷。
今人编纂风流事,鸟难比翼西与东。

## 四

生前不知百姓苦,死后何须寝陵宫。
君不见金粟山顶萋萋草,风来雨去话玄宗。

## 车行乌泥村二首

### 一

暮色至荒野,车行乌泥村。
园间林似火,农舍烟如云。
老牛哞归路,小儿啼倚门。
劳作三百天,风光市里人。

### 二

崖头雾几重,寒气落山村。
雨打巷前树,风送暮中云。
小路无车辙,农妇倚柴门。
鸡鸣城里去,犬吠夜归人。

# 农妇十歌

## 一

一夜南风麦梢黄,家书远寄在外郎。
吐穗至今天未雨,子规夜夜啼西墙。

## 二

鸿雁未归梦断肠,无奈市里购权忙。
一条"钟楼"①敬老父,两包白糖奉亲娘。

## 三

磨石消失曾几期,巷谈街论收割机。
母怨忘却昔日苦,家父抚镰忆旧时。

---

① 20世纪八九十年代陕西出产的一种比较廉价的香烟。

## 四

赤日炎炎好时光,公爹拉耙婆送汤。
农家小儿早省事,路旁拾穗颗归仓。

## 五

十亩汗水十亩粮,串串笑语洒麦场。
东风一阵千颗籽,月牙挂梢人更忙。

## 六

今逢盛世思国邦,车水马龙歌四方。
耕田纳粮为正理,金水情溢黄河长。

## 七

昨夜北山一场雨,借墒点谷在晨曦。
如今奸商多短命,种瓜得豆不为奇。

## 八

年年初五忙端阳,家家插艾呈吉祥。
后院青杏送小姑,留君半杯洒雄黄。

## 九

小叔求学寓异乡,一月费用半年粮。
祖传三辈守黄土,只盼出个状元郎。

## 十

灯下抚儿影成双,情乱如丝望南疆。
侬身虽苦皆为你,最恼夫君伴舞娘。

# 香港十歌

读香港史,激情油然而生,赋诗数首,以尽匹夫之责。

## 宋王台

浩然正气文天祥,留取丹心零丁洋。
世杰跪主横剑死,秀夫负帝纵海亡。
二百宝岛皆芳骨,一曲悲歌尽香江。
伏案读史热血涌,诗出心扉弦激昂。

## 虎门初战

崇祯十年陷虎门,长矛岂能御夷军。
东方飘摇无宁日,海霸觊觎显野心。
当朝天子行关闭,封疆大臣妄自尊。
跪拜乾隆飘枫叶,香港海湾密战云。

## 罂粟花

夜幕茫茫罩海峡,趸船送来罂粟花。

毒枭咄咄舞枪棒，国民哀哀卧病榻。
烟来银去小英帝，家破人亡大中华。
清朝出了韩肇庆，从此鸦片漫天涯。

## 林则徐

社稷危危奸风旋，临难之际国事牵。
睁眼向洋看世界，倚剑劈顽焚夷烟。
雄镇龙威珠江口，激励大众宇宙间。
莫道空余伊犁恨，名载史册誉千年。

## 割让香港岛

杀气腾腾魔西来，南海咆哮战事开。
琦善投降大沽口，英雄壮烈虎门台。
白金汉宫女王舞，紫禁城里道光哀。
南京条约百年耻，香港沦陷起阴霾。

## 割让九龙岛

黄毛如狼心更贪，二次烟战火连天。
广州强扶狗中狗，八国罪焚圆明园。
咸丰热河仙鹤去，奕䜣北京耻约签。

双手奉敌九龙土,雄威尽失神州寒。

## 出租新界

甲午风云败倭寇,至今难消新旧愁。
国衰尽堪列强辱,家穷常被恶人羞。
英帝公使耍无赖,中堂大人输春秋。
出租新界九十九,光绪瀛台双泪流。

## 宁死不屈

英雄辈出中国人,钢铁铸就民族魂。
壮士喋血对南海,忠良含恨哭厦门。
吉庆围村硝烟起,吴淞炮台战火纷。
惊天动地三元里,痛歼敌酋不朝君。

## 中英会谈

两地相期百余年,几度欲圆又未圆。
昔日家事千头绪,今朝国力九州冠。
神乱失足"铁娘子",语出惊座邓希贤。
二十二轮唇舌战,中英公报新纪元。

## 香港归来

山欲狂来水亦颠,星辰日月同天悬。

游子跪哺叙旧辱,慈母抚儿话今欢。

家祭哭告乃翁知,国庆欣慰邓公眠。

举杯将饮杯又止,酒洒长空望台湾。

# 钱塘江观潮

### 一

八月十六夜风凉,秋月皎皎天地长。
西子何曾识旧客,携妻观潮钱塘江。

### 二

十里长塘十里灯,人胜海潮势如虹。
千年盐官吴儿史,一部春秋满江情。

### 三

白马素车子胥魂,潮声如雷恨国门。
鞭尸三百我有异,羞为英雄枉尊神。

### 四

吴山越水话钱镠,铁幢浦前众纷纭。
今朝石塘江边横,何须当年射潮军。

## 五

水面如镜渐有声,嫦娥系虹舞长空。
须臾蛟龙西江去,潮后望月月更明。

## 六

敢问潮字何时生,代代顺潮代代雄。
今人争当弄潮儿,潮起潮落潮无穷。

# 岳坟有感

## 一

岳母训子誉古今,士欲报国苦无门。
四次从戎遇伯乐,十年鏖战复六郡。
自信江山云和月,何知功名土与尘。
直捣黄龙啖胡虏,北渡黄河霜染衾。
朱仙苦战马饮血,龙亭重光朝二君。

## 二

高宗秦桧各有因,十二金牌催命魂。
泪淹朱仙跪卒帅,血染风波殁飞云。
西子湖畔乐赵构,黄龙井底哭徽钦。
南北两国百余载,战和不休几断魂。
世人只责奸臣罪,昏君之过胜奸臣。

## 无　题

步登古城夜观灯，神笛引春忆风铃。
凤凰展翅星万盏，玉龙腾起耀长空。
天上尚无黄金宴，人间已有瑶池宫。
商女犹知亡国恨，硕鼠岂晓百姓生。
可怜还数蚕妇泪，何以我躯赢大同？

## 处女泉赞

黄河暴虐三万里,天赐东王一处女。
秀水绽开九节莲,热沙沐出周太姒。
伊人桥上不尽情,天柱塔前千年埔。
两行红鹤两行秋,满川芦花满川雨。
龙门号子风陵歌,金凤山下曾卧虎。

## 果农心声

冬至剪枝春施肥,谷雨浇水夜夜归。
借款购药树上洒,携子疏果地里炊。
套袋雇人心头肉,结网防雹夜锁眉。
夏至最怯龙卷风,七月更怕武帝雷。
霜降熟时无客问,喇叭声声把税催。

## 癸酉年八月感慨

人生长河五十秋，春花暮雨岁月流。

挥毫临风扬子江，把酒放眼黄鹤楼。

耕耘南沟苦受尽，施教北原贫到头。

往事悠悠梨花泪，未来茫茫逆行舟。

天阔山高失群雁，云急风猛志不收。

## 秋　思

秋雨沥沥难入眠，思绪绵绵万事牵。
少时倜傥登泰岳，壮年垢面苦耕田。
情若流水流不断，事与愿违愿无边。
风华虽逝六十载，魄力更胜天命年。
上苍再赐一甲子，春风春雨春满园。

## 寄在校大学生

春风一行十八年,阿母心碎父泪干。
栉风沐雨为儿女,沥血呕心心头甜。
楼高情难比草舍,位显意岂胜童顽。
酒酣勿忘山前暑,舞浓多忆河中寒。
可怜天下无所报,但愿热血荐轩辕。

## 龙 门

盘古至今山何来,谁人持斧天地开。
声如春雷古渡口,浪似旋柱禹王台。
千壁飞云鸟绝迹,万石横空鬼亦哀。
鱼跃龙门冲霄汉,风吹铁索九鼎歪。
彩虹出世衔秦晋,车水马龙楼排排。

## 有感于雷简夫荐三苏

巴蜀自古将相种,山高水深珠落埃。
苏家诗文高八斗,简夫慧眼识三才。
促膝长谈六国论,天降斯人险道开。
英雄千古东流去,明月一阕问天台。
世间多少千里马,无有伯乐枉自哀。

# 诗二首

合阳县诗词学会成立,有感二首自嘲。

## 一

少年轻薄志欲狂,挥毫处处赋诗章。
哭对黄鹤觉天小,笑游西子恨堤长。
登岳无翅九天外,踏潮少帆五大洋。
岁月有情笔竟老,人生无价花自香。
千篇奇文首句始,一部巨著话沧桑。

## 二

凤是凤来凰是凰,泼墨抒情满长廊。
呼声走势如南楚,行云流水似盛唐。
文尚典实质亦朴,诗贵玄空奋而昂。
三吏名篇出史乱,红楼经典报夕阳。
一曲神韵千年醉,两袖清风拂书香。

## 元日即景

飞车北原岭,元旦夕阳红。
天高胜十月,地祥沐和风。
农家桑事早,商贾运营匆。
年关已将近,户户烟味浓。
万物同祝福,四海归太平。

## 中秋有感

千万英才去留洋,尔成凤来我成凰。
垒球败日五星愧,钱氏回国巨龙强。
儿富街头终为子,母丑深山总是娘。
羔羊跪乳情永在,农夫焐蛇反遭殃。
饮水须饮家泉水,窗前明月思故乡。

## 竹 园

阔别二十四年前,夜雨潇潇在竹园。
老父泪送东门里,稚子学书梦西南。
贤妻肩荷千斤重,夫君囊无半文钱。
忍辱含恨山下舍,明心吟诗遽水边。
树大招风圣人论,功过是非古难全。

# 打工群组诗

## 一

天边初露阳,棉花补苗忙。
老公七旬过,技术当数强。
举铲定株距,深浅论短长。
婆婆力欠佳,拄杖情相帮。
长子四十五,打工到珠江。
大媳嫌夫贱,私奔石家庄。
二儿随工队,劳苦在敦煌。
其妻尚能干,西安开发廊。
小孙三四个,缺爹又少娘。
学习不长进,杂费益高昂。
最忧大孙女,离母情泪汪。
孤心少人问,豆蔻逃学堂。
家寒常远走,行迹日日狂。
餐餐醉酒馆,夜夜逛舞场。

恶少朋满座，纨绔秽言伤。
四邻指责我，淳风全扫光。
人老气将短，隔辈无良方。

## 二

东村有靓女，芳龄值破瓜。
父母掌上珠，学校一枝花。
少壮不努力，思绪乱如麻。
愤愤不平事，怨怨生农家。
身随打工潮，市里坐酒吧。
脱去旧时衣，换上巴黎纱。
粉脂遮童面，发髻映彩霞。
初学行内语，浅尝香罗帕。
曼舞凤凰帐，轻歌鸳鸯榻。
夜夜红灯透，餐餐玉箸拿。
来客有老少，衣裳好雍华。
钱从天上来，情自口中发。
声声唤爱妹，步步宠小鸭。
朝伴新世纪，暮奉古琵琶。
红颜恨春早，知己戏天涯。

除夕团圆夜,母盼冬日斜。
信中寥寥语,汇款两千八。
长兄攻硕士,老娘体欠佳。
小弟尚年幼,父亲烟酒茶。
阖家脸挂笑,尽把丫丫夸。
谁知丫丫泪,强忍粉黛擦。

## 三

腊月新婚夜,初三泪别离。
愧心拜高堂,无言对娇妻。
打工满为患,迟恐误佳期。
滚滚长江浪,悠悠跨武夷。
东海一闹市,毡舍身暂栖。
晨登脚手架,彩霞映英姿。
年少胆气盛,力健招数齐。
汗水洒青砖,热血化浆泥。
男儿不畏苦,壮士何惜躯。
夜寝棚舍下,眼望星斗稀。
心系黄河北,情恋燕尔时。
二老康健否,庄稼谁割犁?

为得年底薪,再累亦当值。
望妻长行孝,回家重礼施。
落叶萧萧下,光阴悄悄驰。
身添几套装,脸脱数层皮。
新楼高似天,小子瘦若鸡。
民工米百斗,白领歌一曲。
古今昔如此,贫富不足奇。
大寒年关近,宿鸟恋本枝。
工钱分未见,老板行渺迹。
寻官日尚短,归乡缺路资。
露宿街头冷,觅食肠中饥。
哭声泣断断,寒风苦凄凄。
新妻伴灯影,慈母待月西。
岂知儿在外,催魂车长笛。

## 四

市里城墙下,泱泱一大观。
群体打工族,男女混其间。
陕北根据地,巴山汉水边。
小妹来天府,大叔自甘南。

西服有长短,T恤无白蓝。
棉被地下卧,劳具荷其肩。
哼着走西口,青春赌明天。
英雄闯天下,美女渡难关。
雇主车且住,嗡嗡恐后先。
尔显气力壮,吾夸技术专。
靓女频回首,武夫试几拳。
出门矮三辈,人贱口中甜。
先生辨真假,贵妇相瘦圆。
严盘身份证,巧论月价钱。
兄赴高新区,妹涉日月坛。
聘者心且乐,落者情尤寒。
城遇门前客,惊识旧时颜。
岁过三十九,色褪影自怜。
夫君为乡长,痴情话务员。
双燕各东西,寄儿娘家艰。
初春随乡邻,驾车到西安。
手拙无主问,花残谁人怜。
今朝灞桥镇,明夕南二环。
足踩千里路,手托万层砖。

高楼当保姆,杂院清煤烟。

昼饮自来水,夜归菜园眠。

盼夫常舐犊,堂前孝椿萱。

君非焦仲卿,奴愿傍华山。

人呼我太傻,安晓弃妇冤。

闻语重唧唧,相陪泪潸潸。

眼前一丑妪,昔时闺中丹。

突思包文正,赠言秦香莲:

"送儿南学把书念,只读书来莫做官。

你丈夫不把高官坐,你母子岂能有今天?"

## 偶 遇

昨日乡下过,偶遇苟红生。
年纪六十五,牙齿全落空。
行路随风摆,身躯弯如弓。
双耳难辨我,对目将失明。
头遮烂草帽,身着有补丁。
老妻病已故,孤身苦伶仃。
儿子另起灶,媳妇秉性凶。
三餐下厨房,枕衾铁似冰。
东邻办丧事,车前引灵旌。
图得一身饱,谁怜贫贱翁?
弱弱一老叟,当年好威风。
任任队干部,场场运动红。
阶级观念强,处处爱斗争。
"文革"打砸抢,批判是英雄。
知识皆粪土,优秀是贫农。
满目尽牛鬼,唯他对党忠。

老少尽相欺,父母亦不容。
年年当勇士,榜榜表战功。
人老弥华茂,将终恋风情。
世间多转化,朝夕龙变虫。
今天沦此境,村民乐由衷。
劝君常行善,自然阴阳平。

# 考场外有感

人如潮水车似龙，墙外更胜墙内情。
时如度年心似箭，愁肠百结耐时钟。
爷爷切切依墙下，奶奶殷殷侧耳听。
慈母疼怜神恍恍，严父焦虑情重重。
尔携鲜时蔬，吾捧可乐瓶。
身前挎酸奶，手中拎柠檬。
兄捧平安花，姊揣文魁星。
妹织顺风船，弟捉萤火虫。
官家烁烁炫娇女，甘为小凤尽俯躬。
农夫默默数其子，苍苍老貌溢笑容。
学者稳稳操胜券，文脉相承性颖灵。
商人怏怏愧儿女，自恨根浅腹内空。
今日贫富大较量，来时方显将相种。
天下谁无怜儿意，尽把春意付儿程。
老叟老妪结伴来，候女校门阳初东。
家距龙门数十里，辈辈沐雨栉黄风。

大女清华已毕业,随夫蹈海扶桑行。
二女西洋寻彩梦,三女复旦读申城。
四女考场今应试,穷家儿女且用功。
亲邻爱心杯水助,感恩国贷扶精英。
龙门儿女龙门志,鱼跃农门不为耕。
如今养儿难防老,只盼春节拜娘庭。
异邦虽好勿忘本,切记儿是中国生。
诉者且乐泪泉涌,闻者心酸敬意生。
自古笃厚为农家,何故国人不爱农。
号声阵阵揪心响,内外蜂拥动天穹。
万双慈眼穿儿心,千张面容辨雌雄。
窃窃私语问吃喝,轻轻抚摸勉学童。
欲问又咽口中语,怕儿忧心再遇惊。
热泪强收眼角挂,期盼自忍心难平。
言无伦次举失措,此时无声胜有声。

# 界头庙抒怀

神哉界头庙,茫茫云海翻。
旭日自东出,狂飙往西旋。
瞬息多变化,玄机藏其间。
卧虎岭中岭,飞龙天外天。
气吞千层浪,手挥万重山。
江山无限小,大肚纳方圆。
古道送行柳,悬崖鬼门关。
铁马饮洛水,壮士凯歌还。
烽火今不再,往事越千年。
万物相竞长,满目红叶燃。

## 无题四首

### 一

场面何其壮,气势何其雄。
豪骑八十匹,华裘四百名。
语出似春水,情其动天容。
父母相奔告,儿女夏令营。
吾女年十五,学习且用功。
中考夺前魁,考场显其名。
洋洋款三千,奖尔游北京。
女行千里外,娘心不安宁。
冤家性不傻,平时爱追星。
期终落榜尾,家长好心疼。
怪我辅导少,门店生意红。
送子赴青岛,蓬莱沐神童。
张忧路费少,王怕食物空。
李查药品袋,赵给随身听。

车窗皆拥满,泪望小娇生。
暂别洒爱泪,龙凤犹远征。
车已渐渐去,父母心随行。
忽一青年妇,手提橙汁瓶。
大声呼小宝,怨怨车不停。
柜前强退货,屈指掐行程。
午时过渭水,五点到汴京。
清晨难早起,夜间谁送羹。
海边有狂浪,冀地多黄风。
苦熬六七天,更更呼儿声。
人间牵心事,莫过儿女情。

## 二

赤日炎炎下,间苗正午时。
老叟七十五,背驼腰难支。
小凳步步挪,首如啄食鸡。
汗水涓涓流,浑身如雨湿。
原籍在豫南,渭北赘李妻。
前夫遗二子,父母年古稀。
风云多变幻,福祸在朝夕。

恩爱仅一载，妻夭两分离。
家负如山重，独当志不移。
二老相继亡，欠债买棺衣。
骄阳砖厂泪，明月小儿啼。
邻里相劝我，弃此何不辞。
别时伤心事，情真苦凄凄。
一夜夫妻恩，百年不负之。
坟前插新柳，梦中常依依。
漫漫二十秋，悠悠日月驰。
小树将参天，老夫风卷躯。
长子性且乖，读书尚称奇。
一跃五花马，美国定新居。
十年终不见，音讯皆无期。
学债三四万，父还理应值。
小儿爱生事，贪玩不学习。
理短难鞭教，对灯独叹息。
为其谋嫁娶，为其谋生计。
门店生意火，父亦无所需。
农田十几亩，尽为我耕犁。
人老莫夸口，举止已缓痴。

昨夜又哮喘,村东去求医。
药费欠四元,囊中无分厘。
有心告儿晓,儿怕悍妇知。
没钱又挨骂,家和万事宜。
爱孙夏令营,唯恐归期迟。
自怨少能耐,无钱助路资。

## 三

育英校门外,蜂拥人数千。
雪花漫天舞,人间谱爱篇。
宝马笛不断,嘉陵如火燃。
五色遮雨衣,各种防寒棉。
校门锁刚开,汹涌似狂澜。
眼随人流转,声声呼心肝。
嘘寒又问暖,一步一怨天。
背驮手搀扶,车后雪如烟。
贵妇牵两子,租车返家园。
逢人说儿事,常在人前炫。
一胎偏生女,二胎双胞男。
家业有人继,罚款心亦甜。

丈夫建筑业，育儿我乐担。
为儿心呕碎，为儿血沥干。
早点蛋和奶，午饭在校餐。
晚归全家福，八菜鱼一盘。
时装样样有，天天给零钱。
假期走天下，儿女各万元。
养儿为防老，恩重自如山。
我若临老境，儿定孝膝前。

## 四

朔风呼呼叫，黄云阴沉沉。
古道静寂寂，暮临小山村。
七十一老妪，衣单难遮身。
夜寒布衾裂，扶杖路捡薪。
发乱早无梳，脸沟满是尘。
浊涕伴涎水，未云泪沾襟。
余生四条虎，皆已长成人。
家家有坐骑，城镇宅院深。
二虎最能干，包工赚万金。
小虎公务员，局长乡邻尊。

## 古风

忆起当年事,心酸泪纷纷。
夫亡水利上,三十守寡门。
过去生子早,子多更艰辛。
与儿相依命,苦苦度光阴。
晨犁南沟地,午摘柿树林。
绕灯推石磨,鸡鸣尚走针。
分粮常受辱,派工讨欢心。
人前强悍样,闭门苦泪吞。
为儿一顿饭,乞怜东西邻。
为儿一件衣,几度哭夫坟。
为儿一张纸,辛苦养猪禽。
为儿嫁和娶,丢魄亦落魂。
如今年事老,四儿数月轮。
每季三斗米,花钱无分文。
独居破瓦房,无人少问津。
苍天不要命,卧床苦呻吟。
有人问后事,请君勿担心。
富家葬其母,深山有远亲。
孝名山水唱,礼账十石银。

## 丧事有感

高堂已离世,年龄整七旬。
儿孙十几个,哭声不忍闻。
声声唤阿母,泪珠洒黄尘。
父亡三十载,母自撑家门。
犬吠走针线,鸡鸣起耕耘。
儿婚女嫁事,件件系寸心。
青丝渐为雪,儿女皆成人。
脚踏四方路,各自谋生存。
路路是荆棘,步步尽艰辛。
无力孝老母,床前难躬亲。
老犬伴老妪,凄凄一孤身。
村头看落日,夜阑望星辰。
屋顶少炊烟,灯下泪沾襟。
三日不见影,疑云惊四邻。
少壮逾墙过,老妪早断魂。
容已被鼠食,僵尸舞蝇蚊。

古风

儿女闻噩耗,泪容难相陈。
乐人哭老母,鼓声惊鬼神。
金屋奉萱堂,设宴谢乡亲。
沉沉哺乳情,报恩一土坟。

## 陪读泪

主任诉其苦,件件拨心弦。
陪读十几人,多数离家园。
村东王家媳,生性本淑贤。
丈夫千里外,奔波步履艰。
家负一身挑,二老奉堂前。
膝下子和女,品学双优兼。
养儿责任重,一天三顿餐。
锄禾日当午,夜阑伴儿眠。
一日复一日,一年复一年。
黄土怡人性,清苦心亦安。
昨夜忽一帖,撤校求学难。
陪儿进城市,洋洋一大观。
店店皆珠宝,处处不夜天。
自叹命其苦,枉生人世间。
东市学交际,西市常赌钱。
商店招摇过,夜市伴孤男。

## 古风

岁末丈夫回,妻子已失联。
父母依门泣,儿女泪潸潸。
试问谁之过,请勿怪淑媛。
芳心受其苦,春水不尽言。

## 龙门遇狂风暴雨而作

我与 A 君龙门乘铁船,破浪溯流石门关。
黄河奔腾八万里,横扫秦晋卷泥丸。
两岸悬崖千万丈,刺破青天锷未残。
惊鸿声断莫飞渡,野猿哀鸣难登攀。
呜呼哉!挥斥三峡何以此,喝令珠峰耸眼前。
举酒高歌撼五岳,携手插翅九重天。
萧郎乘凤为我从天落,嫦娥舒袖为我舞翩跹。
潇湘女神为我扬碧波,处子沐浴为我移神泉。
织女牵牛非是七夕为我来相会,董永夫妻驾云龙门为我把家还。
四海龙王为我来开道,天门诸官设宴为我齐宠颜。
呜呼哉!漫漫黑云天底涌,呼呼热风断桅杆。
一道电光天边闪,闷雷沉沉响云间。
山雨欲来鸟飞尽,黑天欲塌地胆寒。
铁舟转头似飞箭,眨眼已过万重山。
呜呼哉!青峰刺破苍穹彻天裂,霹雳炸碎万山峦。

旋风横扫乱石滚谷底,犹似风妖欲把峻岭翻。

飞沙走石天不见,铁船欲撞龙门岩。

呜呼哉！Ａ君惊慌紧抱我,呜呼同归于尽即眼前。

我携Ａ君巍然屹立船头站,高呼大禹何不退水来相援。

再呼悟空挥棒惩水妖,三呼瑶姬射杀恶龙碧玉簪。

呜呼哉！哗然又一箭,电劈两半天。

长空惊雷过,雨点犹如拳。

绝壁千鼓擂,天河在倒悬。

龙王调集四海水,十二条恶龙闹人间。

天柱已塌大地陷,汪洋大海漫天边。

天上地下皆黄水,乾坤倒转几亿年。

呜呼哉！蚩尤黄帝大开战,虎豹熊罴张牙舞爪战犹酣。

呜呼哉！共工祝融争天下,拦腰碰断不周山。

呜呼哉！哪吒闹海混天绫,痛杀敖丙乾坤圈。

呜呼哉！白蛇青儿战法海,长江倒灌淹金山。

呜呼哉！乱石穿梭似鱼雷,英德海战日德兰。

呜呼哉！倭寇偷袭珍珠港,太平洋上舰毁机燃起硝烟。

呜呼哉！呜呼哉！忽听身后万山犹崩碎,天吼地吼犹如千军万马扬战鞭。

浑浑黄土高原大树拔根起,八百里吕梁洪水倒河川。

齐天黄浪吞山顶,铺天盖地涌狂澜。

呜呼哉!呜呼哉!喝令吴西雷神为我绕道走,朝阳水伯为我故拖延。

喝令女娲精卫为我鼓双翅,钟山烛阴为我风吹船。

我和Ａ君跳下铁船仰天啸,夸父驮我狂奔龙门滩。

回首茫茫巨浪冲破龙门口,铁船凌空粉碎抛山巅。

我和Ａ君跃身登上禹王台,恨无神斧斩杀妖魔清宇寰。

天地为我纵情歌一曲,暴风狂雨为我共谱生死篇。

# 五律

## 夜宿石堡

秋夜宿黄龙,凭窗看落星。
岭高风自冷,天窄月当明。
深巷门声紧,长街野犬行。
山空人不静,寓内路花红。

## 庚寅春节和王锋

自古终南径，寥寥隐士身。
铁牛①哞大道，猛虎②啸雄心。
云断无鸿雁，渊枯岂有鳞。
东篱空醅酒，艳舍遍群岑。

---

① 铁牛：指雷简夫，出仕前隐居终南山，号称铁牛道人。
② 猛虎：出自杜甫《曲江三章章五句》"看射猛虎终残年"句。

# 旧事有感

一去不重回,相思四秩春。
梦中常细语,月下爱独斟。
日久心难改,诗出意更纯。
年年花落去,庭院草深深。

## 和王锋甲午首日有感

少小多胸臆,十年不尽秋。
时迁孤胆壮,老至慧眸收。
烈日察农事,隆冬问苦由。
炮声驱岁鬼,草庶颂神州。

## 赠太白文艺出版社

出书千万卷，耸立太白峰。
花月潺潺语，苍穹浩浩情。
禾苗汲雨露，航海靠桅灯。
戮力扬国粹，呕心奉大同。

## 破五有感

三更鞭炮响,初五送穷神。
岁岁抛秸袋,家家扫旧尘。
汗滴楼外仔,酒醉玉堂君。
今日心相系,天涯共济贫。

# 无题二首

## 一

月落西天外，狂风北斗寒。
薄衾何御冷，苦夜更失眠。
儿女学将就，公婆体欠安。
奴夫多保重，家事冗如山。

## 二

翘首毡棚外，华灯不晓寒。
除夕相对泪，元夜互说年。
行业无择定，工钱更是难。
男儿肩自重，梦里渡关山。

## 辛卯除夕有感二首

### 一

朔风吹夜岔,瑞雪落孤村。
老父依枯柳,阿娘望土门。
烛滴思女泪,炮伴叫儿音。
千里归家路,祈福在外人。

### 二

开门无雪印,翘首怨彤云。
五载音容渺,十年父母辛。
桌前空箸酒,炕上少一人。
沟窄天犹小,家穷瘦犬亲。

# 上杭行

昨夜家乡月,今晨驻上杭。
乘风携五岭,挥手揽汀江。
星火燎原野,红旗卷九荒。
苍山林更翠,海阔笑夕阳。

## 登临江楼

重阳今又是,放眼临江楼①。
烽火随尘去,汀江入海流。
宣言图大众,起义敢抛头。
战地黄花谢,吟诗在晚秋。

---

① 临江楼是毛泽东当年写《采桑子·重阳》的地方。

## 阿里山

阿里十八座,峰峰欲破天。
两溪归大海,一岛少平川。
万木争荣耀,千花竞自然。
乌龙常在手,树隙月难圆。

## 日月潭

星落群山绕,双胞日月潭。
灵光浮彩浪,雾海罩青天。
拉鲁孤浮旷,云梯倒影悬。
伟哉文武庙,千载奉先贤。

## 滇　池

西山凭往事，五百绕名楼。
自古行粮道，如今泛客舟。
红云苍霭过，皓月彩光流。
闹心民族寨，红颜不胜收。

## 洱 海

天公怜我美,洱海卧苍山。
远际群峰雪,云间一字帆。
碧空如尽洗,秋月更觉寒。
宝镜沉湖底,乘风过下关。

## 夜宿腾冲

昨夜一场雨,楼前叶更红。
石桥飘柳絮,老树绕青藤。
古寨白云过,黎山雾气横。
游人何处去,幽径自多情。

## 港珠澳大桥通车有感

凌空飞大屿,穿地落洪湾。

挥洒十年雨,张扬四海帆。

明珠辉世界,濠镜映光天。

何日连三岛,中华待月圆。

## 农家中秋之夜三首

### 一

秋月已偏西,凉风阵阵急。
枣糕无子看,蒸饼小媳吃。
闹市工棚矮,华灯草帽低。
莫贪身外物,切记要加衣。

### 二

西口度中秋,思亲苦泪流。
愚儿虽受累,二老更牵愁。
苹果何时售,花椒是否收?
家销深似海,月落恨高楼。

### 三

明月照窗前,陪读已五年。
清晨餐馆内,夜半斗桌边。

谷雨植瓜豆,隆冬梦我男。
家家供子女,学事大如天。

## 中秋二首

中秋之夜,华灯高照,月圆无光。感慨之余,成诗二首。

### 一

举酒邀明月,遥遥莫有期。
嫦娥神不在,玉兔影何离?
地上霓虹照,澄空彩雾弥。
千年花月夜,今古总相惜。

### 二

岁岁中秋月,时圆梦不圆。
巷空无影顾,花艳惹风怜。
老犬迎门吠,家翁对酒眠。
情牵游子泪,飞燕觅食还。

## 乘车回合阳过几个村庄有感

车停岭上村,农舍两行新。
巷道无烟味,阶前旧土尘。
老翁墙角卧,瘦犬路边闻。
青壮长年外,十家九闭门。

五律

# 车过桥头河有感

小径寒山断，龙根绕外悬。

独桥横朽木，积雪覆残垣。

潭水无虾戏，阳坡没牧眠。

人间多少事，何奈怨流年。

## 春节前遇大雪有感

年关今已至,风吼雪尤狂。
路断行人少,车封故里长。
倚门娘望子,卧站子思娘。
君梦新婚夜,窗前妹唤郎。

# 七绝

下巻

## 车过洛河有感

河边老柳叶枯黄,坡下谁家小瓦房。

日月轮回随洛水,祖孙放牧卧南墙。

## 嘉峪关

嘉峪关头月色明,中秋前夜望秦东。
西出大漠无诗句,只恨胡杨负我情。

## 元旦感怀二首

### 一

枯枝月影几十年，农妇孤灯夜夜眠。
元旦过完初五至，冷衾怎耐五更寒？

### 二

欣逢元旦月清明，旷野寒山犬吠声。
红灯绿酒城里事，路旁僵卧捡柴翁。

# 七绝八首

## 竹　园

三月梨花八月雨，归心夜夜杜鹃啼。
男儿弹泪伤情处，不忘竹园落魄时。

## 板　桥

秋风飒飒叶萧萧，老妪牵牛过板桥。
东地收瓜西下子，最忧雨水再来潮。

## 白马滩

濠源亭下水流声，午后韩山处处空。
若是蛟龙白马在，店家何必怨秋风。

## 千手佛寺

日暮白云岭上飞，庙前有客老尼回。
懒知施主求何事，只看功德笑我微。

## 薛　峰

亦云亦雾过薛峰,轻踏天池试吻星。
近看琼楼灯火处,远听瀑布落川声。

## 夜过断桥

独木残桥彻夜喧,农夫渡水购肥还。
家妻无奈携衣怨,半怨人间半怨天。

## 黑水潭

一川霜叶两重山,剑斩青龙血染岩。
不见深潭妖怪舞,村姑款款艳阳天。

## 五眼泉

魂牵梦绕五十春,石径清泉柿树林。
今日水枯仙已逝,老夫无奈问山神。

## 喜逢春雨而作十首

### 一

夜阑梦醒树沙沙,春雨悄悄润万家。
老妪对翁说旧事,葫芦菜豆绕篱笆。

### 二

春分小麦正逢时,苗醒追肥贵亦值。
尽管收成难抵债,农家粮囤有存粢。

### 三

人人都在种西瓜,商贩随行把价压。
多产少收钱不赚,古今贫贱是农家。

### 四

去年苹果满枝头,希望丰收欲盖楼。
七月冰雹天不祜,家家户户泪长流。

## 五

沟边半亩大红袍，八月摘椒刺似刀。
人老力衰难胜任，雇工要价叹其高。

## 六

仙桃挖掉试葡萄，不种柴胡育树苗。
蔬菜大棚赔几万，一年一度尽白劳。

## 七

大孙是个状元郎，京地读书耀四方。
鱼跃龙门人羡我，半年学费九年粮。

## 八

吾儿出外在新疆，万里迢迢苦备尝。
栋栋高楼为我建，年终讨债朔风狂。

## 九

儿媳借住已三年，风雨陪读不尽言。
两手相牵慈母泪，披衣教子五更寒。

十

古稀已过志弥坚,家负沉沉苦不堪。
下地鸡鸣归犬吠,夜深泪眼望儿还。

## 杭州随感八首

### 一

秋雨凄凄岁又寒,相思无限夜将阑。
红颜倩影随风去,梦断残桥泪未干。

### 二

相守十年夜夜灯,浓情碎语话前程。
人间多少伤心事,莫过红花落草蓬。

### 三

梧桐一叶透窗纱,心事茫茫煮旧茶。
昨日花开庭院树,明朝不晓落谁家。

### 四

外滩灯火映天红,黄浦江头忆尔容。
携手登高极目远,何时回首唤东风?

## 五

断桥月冷夜风凉,处处笙歌处处狂。
无奈君身千里外,此宵谁恨泪依窗?

## 六

重重心事步西溪,秋水一方叹永离。
你若无情君有意,非诚勿扰影相期。

## 七

狮峰岭上问新芽,两地茫茫梦里花。
曾似相识龙井水,如今浊泪落天涯。

## 八

痴情自古苦折磨,无奈祈神渡普陀。
渺渺佛天谁恋我,涛声依旧恨声多。

## 沉重悼念吴天明兄

### 一

驾车几度骋莘原,不畏骄阳不畏寒。
灯下三人评"日记"①,峥嵘岁月六十年。

### 二

垃圾破舍访农翁,一幕悲情一座茔。
污水酿成学子泪,仰天拷问众失声。

### 三

时光流逝若斯夫,《老井》《人生》暖玉壶。
荣辱谁知身后事,亦真亦幻亦虚无。

---

① 指《一本农民的日记》一书。

## 四

古稀影路更艰辛,血泪千滴欲断魂。

"百鸟"①封机时未竟,彻天唢呐祭吴君。

---

① 指吴天明导演的电影《百鸟朝凤》。

## 沉重悼念陈忠实兄

### 一

莘原夜话两相牵,但恨初识壬午年。
往事已成昨日梦,疾风打牖五更寒。

### 二

木罂铁渡雨霏霏,黄浪横舟我与谁。
秦驿待评刘彻事,空余荇菜望君回。

### 三

河洲踏浪觅诗源,吟唱《关雎》处女泉。
大作永留人不在,漫天芦雨洒洽川。

## 四

两书"沉重"①共忧民,怨怨农家泪落尘。

心雨如潮"回报"序,"陪读"②席上少陈君。

---

① 指作者创作的《沉重的母爱》《沉重的回报》两书。
② 指作者创作的《沉重的陪读》一书。

# 沉重悼念霍松林老师

## 一

群贤毕至在清明,共祭洽川帝喾陵。
挥笔豪情碑永竖,关关阵阵悼先生。

## 二

白云深处探诗源,严谨求实语不凡。
境阔学博堪泰斗,霍翁高论世相传。

## 三

先生诗论古今奇,经纬徜徉乐不疲。
桃李五洲功济世,伟人今去梦相期。

## 四

诗集欲印近十年,君赞其辞写序言。
不料天公违我意,空留首页字谁签?

## 沉重悼念刘文西老师

一

追思往事二十秋，不尽关关不尽愁。
夜话三更情意在，与君何处觅雎鸠。

二

千年古树傲苍穹，不慕荣华不慕名。
铁骨铮铮黄土地，人生寓意在其中。

三

千姿百态绘人生，苦辣酸甜厚土情。
速写万张歌草庶，荒山遍野吊刘公。

四

黄河岸上闹春雷，鼓点催人巨笔飞。
谁再卧席元夜饭，映天篝火照君回。

## 梨花沟有感二首

### 一

一阵冰雹万户愁,半年辛苦付东流。
农家多少烦心事,欲诉由衷梦九州。

### 二

满天芦雨满天秋,何处村姑不尽愁。
岁岁牧羊郎在外,梨花坝上泪长流。

## 农忙有感二首

### 东 风

淫雨霏霏五月寒,子规啼血为谁怜?
农家怨恨知多少,三日东风不在天。

### 西 风

芒种梦里问檐声,小麦将收事事棱。
不晓何能驱此雨,西风一阵望南松。

## 台风烟花

烟花七月袭杭州,西子孤山处处愁。
百丈高楼风雨曲,工棚草庶泪长流。

## 无 题

扶贫路上遇冰雹,天不怜人怨恨高。
树上胭脂全落地,心疼串串嫩葡萄。

七绝

## 悼刘国兰五首

### 一

年华冉冉五十春,徐水滔滔朴鲁深。
阁下青栏今尚在,五人小组再三人。

### 二

银元[①]落地誉三秦,神态声情泪洒尘。
宛转蛾眉愁渐远,故园旧事几相云。

### 三

痴情诗画志弥真,泼墨习文寸草心。
校庆吟诗游子泪,涛声依旧气超群。

---

① 指刘国兰20世纪70年代讲的革命故事《一块银元》。

## 四

桑榆岁月惧风尘,暮去朝来侍子孙。
萱草膝前谁尽孝,终南焚纸祭兰君。

## 五

花开花落乃天伦,莫叹红颜已断魂。
白发相扶别故友,来年插柳是何人?

## 悼念恒训友四首

### 一

英才自古在民家,一路荆棘一路花。
回首茫茫多少事,八十岁月爱无涯。

### 二

天生无畏性如钢,爱憎分明赤胆肠。
辞令诙谐惊四座,情牵草庶著华章。

### 三

执鞭伏案四十秋,明月清风不慕侯。
治教奇方学子赞,三边校长①史书留。

---

① 谭恒训曾在合阳县最西边的皇甫庄乡中学、最北边的杨家庄乡中学、最东边的东王乡中学先后任校长,朋友戏称其为"三边校长"。

## 四

悠悠八水向东流,事事儿孙不尽愁。
花蕾未开何早谢,燕山遗恨几时休?

# 新旧诗韵戏说三首

## 一

是是非非论短长,你吟入字我吟方。
考官不晓宋朝韵,老太九斤又上场。

## 二

大师论律著奇文,吟唱声情仿古人。
山后两间茅草舍,劝君摇羽戴纶巾。

## 三

新韵无须柱自标,大河东去卷狂潮。
入声早已随时灭,不坐飞机跨马摇。

## 悼志斌君六首

### 一

李君魂去赴瑶台,潆水兼葭共举哀。
福祸人间无定数,天公何故不怜才?

### 二

严椿早逝母担忧,织布堂前苦泪流。
自古柴门出孝子,萱恩似海记心头。

### 三

行公碑款未留名,众友皆知乃尔功。
几度拜佛东下寺,青山踏遍数十峰。

### 四

终生碧血洒莘原,文化传承负铁肩。
碑帖古籍颇造诣,求实博览信为先。

## 五

八载洽川共剪裁,时逢春雨百花开。
黄河如泣悠悠去,试问东风几再来。

## 六

河柳发芽未见君,金莲山下有新坟。
来年芦絮飞天雨,白鹤长啼吊故人。

# 赠琪琪四首

琪琪言及将离上海赴加拿大,离国之情内心酸楚……吾不胜感慨,赋七绝四首以赠之。

## 一

离国酸楚涌心头,洒泪吴淞浦水愁。
尘世茫茫无定数,耄耋之岁旅加州。

## 二

生不逢辰不了情,上苍赐汝恨东风。
悠悠岁月如斯逝,一代红颜万事空。

## 三

"痛说"① "伟大"②誉三秦,神貌声情艺冠群。
自古庸人多重用,谈今忆旧枉寒心。

---

①② 指琪琪所讲的革命故事《痛说革命家史》和《伟大的战士》。

## 四

万里迢迢事物非,围炉安否话锡梅。

身心康健歌常在,试问彤云几再归。

# 春节有感四首

## 除 夕

岁岁除夕送旧年,天涯海角爆竹燃。
人间自古夕无尽,几度春风夜正寒。

## 立 春

一夜春风入万家,老夫斟酒看灯花。
八十岁月如斯去,壮志韶华寄海涯。

## 破 五

一年一度扫穷尘,何谓天公爱庶民?
楼上笙歌楼下泪,今朝华夏喜脱贫。

## 人 七

人七早已不团圆,生计为先枉自怜。
妻伴郎君车站外,老娘送子在村南。

# 秋思十首

## 一

一阵秋风一阵凉,千山万水总牵肠。
梦中心雨枕前泪,无奈纱帘透曙光。

## 二

雨打窗纱搅梦中,神迷意乱恨无声。
不知子现归何处,万绪千思不了情。

## 三

落花流水两相期,不怨天河怨木篱。
岁月如斯东逝去,春愁无尽在何时?

## 四

自古红颜命浅薄,漫天风雨奈之何。
千斤重担柔肩负,相遇几曾在诉说。

## 五

有缘却道又无缘,十月红枫映碧天。
半句情诗如野火,欲息五秩又重燃。

## 六

既奉儿孙又奉郎,红颜褪去发为霜。
初心未改春常在,九尽梅花二度香。

## 七

院内芙蓉院外红,洽川芦絮甚多情。
桥头莫睹伊人面,谁在苏阁守五更?

## 八

彩云东去几时归,执子梨花采紫薇。
红帐剪烛烛不烬,菊开九月燕双飞。

## 九

夜夜秋风搅梦多,隔山隔水苦折磨。
千言难尽相思泪,半阕拙诗向汝说。

十

梦醒何须怨梦残,千年等待月难圆。
滔滔春水东流去,江尾江头亦枉然。

## 鲁奖落选有感四首

### 一

一阵秋风一阵凉,秋风秋雨断愁肠。
五更已过无眠意,落魄骚人恨夜长。

### 二

十年梦想跃文坛,问遍青山走大川。
无愧终生黄土地,衣食父母奉为天。

### 三

强吞浊泪透心寒,几度挥戈几度残。
岁月无情人已老,大江东去枉凭栏。

### 四

欲擂战鼓恐其难,八秩高龄又四年。
迈步从头天下走,中流击水再升帆。

## 赠雷珍民先生六首

### 一

一支铁笔谱春秋,墨海夺魁壮志酬。
黄水黄风黄土地,大河不尽向东流。

### 二

难忘村头柿叶茶,身居闹市系沟崖。
黄河西岸参天树,吾是绕藤一朵花。

### 三

建馆巨资献爱心,传承母训效完人。
高宅莫忘柴门苦,热血满腔奉庶民。

### 四

谦谦君子哲人风,心地豁达律己行。
遂茂不骄须自勉,崇贤习典倍勤耕。

## 五

潜心伏案几十年,宣纸八车九砚穿。
立论著书无数部,明心抒志夜方阑。

## 六

七七可谓正青春,一路风霜一路尘。
击水中流帆再起,龙飞凤舞铸书魂。

# 七律

七律

# 西行十二首

## 夜登金城皋兰山

一山何顾两分开,衣带黄河缓缓来。
风冷中天悬日月,露重野户卧荒埃。
皋兰常涌征夫泪,白岭空余成将台。
灯火阑珊歌盛世,母恩浩荡壮胸怀。

## 兰州思二姐

二十九载芳魂绕,岁岁清明点纸钱。
家务维艰千里系,双亲病老梦中牵。
常忧小妹婚姻事,更念侄儿早晚餐。
心瘁英年离世去,昔时张府①燕巢迁。

---

① 二姐夫是清雍正之师、三部尚书、漕运总督张大有的后代,合阳西街现有张大有故居"张府"。

## 过武威

刘彻挥戈镇武威,征衣血染几人回。
马蹄踏燕狂风紧,藤叶遮台①细雨微。
史论五凉功与过,孰谈百姓是和非。
羌笛欲了歌难尽,试问池边草不肥。

## 赴张掖路上有感

丝绸古道走河西,戈壁茫茫径自直。
天远日红荒野阔,沙平风静枣花稀。
乱滩不见黑河水,秃岭难寻老马蹄②。
身负旌节十几载,功劳簿上汉王旗。

## 酒　泉

长城脚下恨和愁,千载金泉苦酒流。
苏武牧羊鞭北海,李陵落雁拜王侯。
旧郭空有班超剑,新址惊悬脂粉楼。
一曲新词杨柳舞,春风关外度瓜洲。

---

① 指武威的雷台。
② 张骞出使西域的遗址。

## 嘉峪关

三关漫道从头越,猎猎旌旗万里郭。

塞口高悬霜月壮,国门雄踞雪山峨。

青莲①酒祭亡灵塔,少穆②蹄回忍辱阁。

冯胜③空凭秦将冢,长城古调奏新歌。

## 敦煌旧事

凄风苦雨任飘摇,国事维艰鬼怪嚎。

屋漏孰遮连夜雪,民贫岂挡盗佛妖④。

十年灾难伤犹痛,几辈英才怨更高。

仰卧沙泉心尚愤,何时消耻斩酋刀?

## 阳关吊楼兰

高老庄前问汉关,西空雁叫吊楼兰。

---

① 青莲,李白。句出李白诗《关山月》。

② 少穆,林则徐。句出林则徐诗《出嘉峪关感赋四首》其一。

③ 冯胜,明朝大将。

④ 指盗敦煌之宝的外国强盗。

枯泽大宛锋棱瘦①,断堡中秋落叶残。

淡淡香波②春水恨,咄咄檄赋③骨尸寒。

黄风有意沙无意,半怨苍生半怨天。

## 过金山风口

久慕昆仑七月雪,飞车一笑过祁连。

金山风口云缠柱,柴旦盐湖浪涌天。

极目苍峰八万仞,挥毫青海五千年。

上苍赐我冲冠志,展翅鲲鹏遨宇寰。

## 日月山

晨曦泛泛湖中水,暮色风狂日月山。

石打车门羞壮士,沙吹艳丽愧红颜。

单身重负天涯路,孤泪轻弹大海湾。

莫赞卫青十万将,貂裘女子胜儿男。

---

① 句出杜甫诗《房兵曹胡马》。

② 指出土楼兰国女尸的黄色头发。

③ 指唐朝诗人讨伐楼兰的诗句。

## 无 题

湟水悠悠万古流,是忧是怨亦为愁。

活佛高坐金银殿,信士鞠躬褥垫头。

冰雪终年消血汗,哈达一盏泪酥油。

如今世事谁颠倒,界外红尘胜宦侯。

## 刘家峡水库

风驰电掣过高峡,古寺①石佛落彩霞。

高坝蓄洪截祸水,平川浇地富农家。

光明赢就人民笑,智慧博来后代夸。

鼓角相闻无战事,枯藤老树少昏鸦。

---

① 指炳灵寺。

# 东行十二首

## 风陵渡

狂飙急雨过风陵,桥裂天塌似共工。
西劈禹门千尺浪,东扑渤海两条龙。
六合霸气惊重现,三水雏形叹又逢。
滚滚仙云身下过,女娲度我九霄宫。

## 函谷关之一

东西南北尽河山,自古皇家爱此关。
十万头颅扶帝座,一川血水祭开元。
兴亡谁晓柴门苦,成败只知锦邸欢。
草木沾衣他日泪,洛阳哭罢吊长安。

## 函谷关之二

紫气东来战地香,圣贤立著选沙场。
鸡鸣狗盗无为事,剑影刀光济世方。

一部经书标鉴史，万家古刹显辉煌。
楼台炮火朝佛笑，观内僧人敛米忙。

## 三门峡有感

亦人亦鬼亦为神，是是非非论古今。
高坝浩湖悬丽日，中流砥柱壮国魂。
移民三徙千层怨，洛渭多愁万户沉。
不忘壁崖漕运道，纤夫白骨葬隋君。

## 渑池旧事

悠悠岁月两相期，今日东行过渑池。
落难涧河拂垢面，忍饥檐下送酥梨。
春风愧负桃花泪，秋雨愁吟洛赋词。
山险水重秦豫燕，镜前无奈数青丝。

## 杜甫故里

沉沉心绪谒先贤，自幼读诗仿五言。
酒臭朱门千古诵，夜啼三吏万年传。
心怀社稷呼河北，情系戎台葬客船。
最恨天公何不允，空余草舍绕禅烟。

## 邙山说杨广

邙山无地埋杨广,半句昏君半炷香。
开拓运河连五水,远征疆土定八邦。
杀兄弑父谋王位,暴赋苛杂铸帝殇。
焚典坑儒千载指,今人何故宠秦皇?

## 重登二七纪念塔

四十八载有狂郎,倜傥轩昂气更扬。
黄鹤放歌招逝水,二七漫步祭施洋。
《怒潮》①激起民族恨,《风暴》②焚烧众列强。
矢志难移心不老,匹夫讨寇弹出膛。

## 鸿沟说楚汉

荥阳广武二王城,楚汉鸿沟战鼓声。
竖子谋深荣故里,英雄气短恨江东。

---

① 20世纪60年代初拍摄的反映1927年湖南农民革命斗争的一部电影。
② 20世纪60年代初拍摄的反映"二七大罢工"的一部电影。

风云变幻朝和暮,福祸轮回雨与晴。
韩信若为前主马,刘家历史做何评?

## 开封旧事

几回梦里拜龙亭,丝枕犹闻断水声。
南院曾怜杨乃武,相国偷效小张生。
月升悄锁朱扉扣,星落轻读"忆恨"①情。
老柳旧湖弹古调,花飘何处问东风。

## 赞焦裕禄

大河古道葬忠良,不尽黄沙不尽伤。
徒步行程十万里,铁肩勇挑百条岗。
造林植树遮风口,排碱挖渠御涝墙。
天降斯人怀草庶,民心不落似朝阳。

## 罗夫旧事

渭河一线漫天黄,车过罗夫忆更长。
垢面蓬头归故里,骄容憨态写文章。

---

① 作者曾作《三忆》《三恨》两组诗。

小舟漫渡痴心女,大路匆行寡意郎。
有限韶华情未了,农夫半碗暖身汤。

# 梨花沟①旧事有感十首

## 一

西风烈烈啸天台,黄叶纷纷落地哀。

岁至古稀心且阔,人逢盛世志方开。

金城②笑忆青泥印,土坝③哭寻愤世才。

一阕梨花花不败,长河滚滚卷山来。

## 二

葳蕤芦苇叶青青,暑假捉蝶又务农。

日晒沟坡肩负草,月拂萤火燕啄虫。

登高争采山榆果,攀树蛮折野枣藤。

难忘金城连夜雨,半筐菜叶待天明。

---

① 梨花沟,在合阳县城西,作者青少年时经常在此玩耍、劳动。

② 金城,指梨花沟的金城堡。

③ 土坝,指梨花沟的梨花坝。

## 三

一路风霜笑语多,乡间倩女至如何?

清晨忧叹锅无米,薄暮欢愉豆满箩。

人有富贫生计累,家分贵贱命中择。

夕阳空照坡前冢,我又重吟数姑歌①。

## 四

墩台②十丈耸西门,呼唤群童自诩君。

华岳纵情环世界,长江击浪叩乾坤。

吟诗杜甫潇湘路,挥剑荆轲易水魂。

车碾红花终不悔,翠烟残柳化泥尘。

## 五

荞麦花开月影斜,日出日落苦农家。

立秋武帝③连天雨,小暑骄阳燎嫩芽。

冬至人欢旗似海,年关炊断马如虾。

---

① 作者在18岁时曾作诗《邻有数姑者》。

② 墩台,合阳县城西门外有一土墩,高数丈,为明代校场阅兵之台。

③ 合阳西北有武帝山。

劝君莫忘桐花树,半碗清汤半碗渣。

## 六

洋槐老柳我曾栽①,二月西风似剪裁。
飒爽英姿超勇士,熊罴虎豹战擂台。
敢将热血抛宏愿,誓献青春抒壮怀。
南院弥陀②昔日草,新坟旧冢几排排。

## 七

风云突变映天红,恶水穷山亦斗争。
父子地头分你我,夫妻会上斗雌雄。
梨花猛举阶级剑,坝水高歌造反情。
搁笔十年学"邓拓"③,航船特色谢邓公。

## 八

一年一度菜花黄,几度痴情几度伤。
行迹天涯寻艳丽,魂归故里愧爹娘。

---

① 1964年西街大队民兵连在梨花沟植树造林,作者亦参加。
② 梨花沟有一佛教遗址名弥陀院。
③ 作者"文革"初被造反派打为合阳县的"小邓拓"。

奇才妙赋风流著,裸体空囊浪子扬。
落魄又逢怜我女,梧桐夜雨唱西厢。

## 九

一幢高楼半幢山,孰非孰是苦绵绵。
客家已负十年债,地主还无半万元。
小吏筵席天帝悔,房商豪座赵公怜。
偶逢旧友锄禾叙,侏妇吆羊换米钱。

## 十

天翻地覆正相宜,黄土沟原万古奇。
道道高桥连五海,家家少女舞千姿。
东西南北八方路,寒暑春秋四季衣。
莫谓今时逢盛世,农夫不把养儿提。

# 与平凹四日游四首

## 白云大厦

白云顶处玉门开,我会平凹泪落埃。
地厚天宽容五岳,气灵语重铸仙才。
文章白古留争论,笔墨当今待定裁。
李杜苏曹刚入梦,谁人说贾进斋来。

## 武帝仙山

远望仙峰势若君,莘原莽莽似三人。
长揖帝像寻来事,横跨神龙忆旧魂。
共论八极天地道,同说山后自然云。
最识农嫂槐花饭,相聚寒窑碗碗亲。

## 洽　川

铁船搁浅卧河滩,母载群儿步履艰。
黄浪滔天为旧事,雎鸠配偶唱新篇。

斜阳尽染秦皇道,芦草羞遮处女泉。
车水马龙多富贵,几人真正爱洽川?

## 梁　山

玉体冰颜傲太空,美人娇睡自从容。
乱云飞渡媚秦晋,双乳长流孕古城。
脐上朝佛佛已断,膝前拜圣圣无踪。
几经遇难谁之过,知子情深老母峰。

七律

# 桥头河

小桥流水怨芦花,黄柳凉风落叶斜。
园内农夫摘硕果,坝前少妇浣薄纱。
深沟老埝七八点,浅巷新屋四五家。
今日南风潜北夜,路边靓女笑如霞。

## 司马祠有感

莽莽韩原卧土丘,离离汉草谱春秋。
华章褒贬三千载,巨笔输赢将相侯。
多少英雄多少泪,几朝君主几朝囚。
沧桑古道何为证,大浪淘沙不尽流。

七律

# 寄某药店

　　春雨潇潇，彻夜不眠，"非典"肆虐，国民皆惊。上自中央，下至地方，奉民事为天，视民命为重。而某些药店以进价涨为由，乱抬药价。古人在灾情之际，亦知布施于民，今人何以行此乎？

　　春衾不耐五更寒，夜雨潇潇万绪牵。
　　"非典"危群民事重，白衣赴任国魂悬。
　　愤哀商蠹怀奸术，怒指贪虫赚命钱。
　　施爱人间崇道义，今思忧乐众先贤。

## 过李自成行宫有感

盘龙山上谒行宫,是是非非李自成。
饮马河边诛恶霸,金銮宝殿纵群雄。
明知百姓声声泪,却做昏王夜夜情。
富贵相欺多少事,赋诗击案问姚公。

## 曲江流觞有感

诗人盛会在西安,歌满芙蓉五月天。
杜甫曲江吟妙句,李白灞柳赋新言。
何缘幕落屈原泪,孰乃旗升讲话篇。
切勿流觞弹雅乐,草民当本众为先。

## 无 题

学堂自古最清贫,五斗新粮卖此身。
今日富衙为院校,昔时老九变人尊。
四方索取八千万,十面挥资几亿金。
学费如山声载道,农家疾苦有谁闻?

七律

## 赠曹晓山先生

怡情信步笑白头,逝者如斯不尽流。
立论曾评天下事,扶犁难忘庶民愁。
平分秋色西湖月,公鉴浊清汴水楼。
莫道洽川风景好,还须武帝拜黄牛。

## 中秋有感

几度阴霾几度圆,月圆月缺尽由天。
农夫南岭邀明月,富户华灯戏玉蟾。
半盏茅台十万两,一车小麦五文钱。
古时明月今时照,如此年年又此年。

七律

# 元宵节感怀

火树宵圆我不圆,千头冗事夜难眠。
文章搅梦心思重,生意燃眉处境艰。
日月相催人怕老,冬春交替岁逼添。
至今方晓光阴贵,再谱康熙五百年。

## 悼王士哲先生

寒风凛冽悼王翁,世事茫茫路不平。
少壮燕山说夜话,白头金水注乾隆。
治学严谨求新意,博古精深辨旧情。
断雁衡阳何处去,窗前谁在伴孤灯?

七 律

## 补课有感

满市传单处处扬,老师补课有奇方。
欲当博导多贿礼,要做明星尽解囊。
个个矮儒超教授,家家儿女慕君王。
误人子弟千秋罪,算尽机关是校商。

## 赠王三毛父母诗四首

好友王三毛之父母，年过八旬，身体康健，夫妻从政四十余年，尽职恪守，心奉于国。退休后，种瓜点豆，乐情于民。赋诗四首以赞之。

### 一

烈烈骄阳映地红，东风浩荡压西风。
青春曾许山河壮，热血赢来世界同。
跃进谱出千古事，斗争毁掉万家情。
回头再看三十载，莫过平生愧对农。

### 二

孰资孰马伪和真，前路茫茫尚自寻。
吊胆提心读社论，清头醒脑看风云。
贫穷不是真革命，富裕才为爱草民。
特色航船归大海，非非是是笑乾坤。

## 三

六十五柳话桑麻,徐水坪前看落花。
架下葫芦赢大小,巷头浊酒赌七八。
春回秋至葡萄树,日落星悬柿叶茶。
只晓初一和月半,不听鹦鹉爱鸡鸭。

## 四

浑浑世事已八旬,万绪千头过眼云。
今在长安陪老伴,昔时愧对欠儿孙。
红心倦倦沙中树,主义茫茫马后尘。
地厚天高何是贵,亲情莫过一家人。

## 悼孝芳友四首

孝芳与余同乡,1964年因家为富农,高考落榜,在农村劳动六个春秋。后任民办教师十余年,为转正赴青海刚察县任教十载,因高原气候之缘故,疾病缠身,退休回乡,卧床七个寒暑。孝芳生性聪颖,特长数学,喜爱文学、体育、音乐,竹笛吹技常见于舞台,誉满渭北。

### 一

天生聪颖志弘毅,大道难出破帽低。
血染顽石腰若狗,汗流大坝腿如驴。
西沟雨水曾修树,南地秋分苦踩泥。
六载春华长逝去,只因富字卧东篱。

### 二

扬鞭催马耳犹新,半曲竹笛醉众君。
一幕斗争惊县域,九场仙女话伶林。

炎炎赤日翻山岭,冽冽寒风踏土尘。
莫忆当年弹旧韵,苦中作乐泪沾襟。

## 三

凄风苦雨夜深沉,痛斗椿萱气遏云。
小巷装腔歌背叛,大街作势舞忠心。
一场血刃一场泪,半面妖魔半面人。
今古奇观多少事,十年动乱亵乾坤。

## 四

别妻离女过阳关,漠漠黄沙落日圆。
青海湖边施教化,祁连山下望阑珊。
昔为汉将征番路,今是穷儒讨米船。
唱断玉门歌半曲,苍凉湟水暮年还。

# 新疆行十首

## 一　新疆赞

三十六国是新疆，异地风情我大邦。
唐汉曾封西域府，清朝一统左宗棠。
条条丝路通中亚，座座城池谱史章。
可笑东突犹犬吠，民族勠力铸辉煌。

## 二　乌鲁木齐

身伫红山对玉壶，边陲迪化几沉浮。
晓岚贬此留诗韵，刘鹗谪西葬异都。
几度天池云密布，何曾伊水泪常哭。
今朝遍地胡杨柳，塞外羌笛胜越吴。

## 三　轮台

几回梦寐赴轮台①，今慕岑参九月来。
满地碎石息马印，一张都护禁车牌。
残垣断壁旌旗落，利剑长弓朽骨埋。
千载沧桑君不见，梨花尽败野花开。

## 四　惠远古城

伊犁自古我山河，惠远春秋战事多。
清帝安边修将府，左公攘外赶沙俄。
萧关丝路哭贤相，北漠林渠绕旧郭。
日暮朝曦来往事，几曾洒泪几曾歌。

## 五　葡萄沟

葡萄美酒翰诗夸，绿水红山九里峡。
棚架已无晶翠果，锦床尽是牡丹花。
烂石破瓦充纯玉，败柳枯藤卖嫩芽。
商雾重重西域地，驻车轻步去农家。

---

① 唐轮台城，在乌鲁木齐以西，传说樊梨花曾驻守此地，现已为废址。

## 六　火焰山

祝融布阵在西山，烈焰熊熊映九天。
赤岭炙舌绝鸟迹，炎风蒸汽断炊烟。
凌空金棒歇尘土，灭火芭蕉过玉阗。
秦月汉关白骨累，远征将士几人还？

## 七　交河故城

交河怨怨绕荒丘，几度繁华几度愁。
烽火高台镌往事，光华岁月泯恩仇。
王侯已被黄尘盖，功过将随雪水流。
血雨腥风今不在，斜阳废址论春秋。

## 八　赛里木湖

风尘一路到三台，碧浪滔天海眼开。
何处高原囤大水，谁知古冢葬裙钗。
赛湖美景秋阳照，金缎镶边巧匠裁。
东峙尽收山野阔，羌笛问我几重来。

## 九　香妃墓

风流天子是乾隆，数万红颜锁后宫。
西访常常眠野柳，南巡处处觅花伶。
香妃谢蕾千层怨，弘历残年不尽情。
影视都夸王艳史，谁说芳草恨高宗。

## 十　住某宾馆有感

谁家华舍耸云霄，汗血胡毛仰首嚎。
雕木如龙盘彩柱，镌石似凤跃琼瑶。
胡杨千株连城价，阗玉八行塞外骄。
半座山头归我有，农夫寻宝泪滔滔。

## 赠颜顺孝先生

红山伊水话新疆,塞外秋风阵阵凉。
步至轮台评废土,身临纪府拜诗廊。
葡萄美酒亲情重,秦地乡关语意长。
试问颜君心几许,花开天柱望夕阳。

## 赠侄孙高江

倭奴掠豫祖迁秦,七秩余秋定古莘。
父母屋檐穿闹市,儿孙华舍度阳春。
艰难岁月明心志,艳丽衣裘丧魄魂。
远水方知舟若叶,凌空始晓九重云。

## 和王锋先生六首

### 一

冷暖人生四味茶,风吹瑞雪大棚斜。
少将汉赋说今事,多借唐诗论盛华。
丑帝山郎羞百姓,美妃怡妹慕洋鲨。
劝君莫怨农夫菜,一斗黄金半曲筘。

### 二

鱼跃农门幻梦中,滴滴血汗万家同。
草屋纳垢陪读妇,井下挖煤卖命工。
儿女何时羊跪乳,椿萱至老燕啄虫。
除夕雪夜谁依树,远望关山泪眼蒙。

附:王锋先生《故邑宪宗先生新著诵罢甚慨》
无限忧心字句中,其悲大略九州同。
荒村留守翁童妇,闹市伏奔龙虎虫。

百感人间羊跪乳，千般世事雪追风。
剧怜渭北春天树，原上依依雾正蒙。

## 三

和王锋先生《辛卯国耻日肃立闻警》。

处处敲钟柱自鸣，秦淮河畔艳歌声。
咄咄武士天皇道，娓娓文章李煜笙。
新贵几曾识旧恨，昔人早已断长缨。
白山黑水千滴泪，燕子矶边万座茔。

## 四

年年国耻奏三歌，苦雨凄风老泪浊。
漫踏九州凭壮士，挥书万句讨倭魔。
东洋鬼子窥神土，华夏街头尽日车。
多少奴颜崇外事，钓鱼岛上几旋涡。

## 五

贺王锋先生加入中国作家协会。

西地茫茫尽是沙，蜃楼海市少桑麻。
雷台诸将空施雨，塞外群佛爱抹霞。

靓女指石说赵璧,王婆卖药唱甜瓜。

黄牛默默须当记,死去活来草舍家。

## 六

甲午中秋,赴固原采访陪读族,读王锋老弟《甲午中秋遇雨》一诗,步原韵而和之。

中秋塞外望戎楼,迷月飘浮锁老眸。

热泪滴杯吟范句,冷心伏案问农愁。

骚坛买奖随人笑,草舍陪读自我讴。

砌下蛰声遥已断,民工怨怨几时休?

# 黄河二首

## 一

大水茫茫逼险关,吴王隐隐万重山。
木罂急起齐王鼓,秦驿高扬汉武鞭。
志士英雄吞巨浪,诗人骚客吊苍天。
汪洋一片连天际,浪卷泥沙吞中原。

## 二

云雾茫茫雨漫天,家家烟火笼洽川。
湖边有鹭寻鱼味,古渡无人舟自眠。
风过荷塘残叶去,犬牵少妇菜园还。
闭门谢客芦花泪,处女今时喜乐闲。

# 纪念全民族抗战爆发 77 周年诗四十首

我怀着一颗赤诚的爱国之心,跋涉祖国各地数万里,翻阅上千册抗日战争史料,冒暑六、七、八三个月,用血泪和仇恨交织成 6000 余行巨篇长诗《血祭九一八》,同时写出律诗 40 首,激情满怀,气势磅礴,爱与恨、褒与贬、溯源与剖析、反思与奋进,尽现其中,以示我对饱经忧患的祖国忠诚的爱,对日寇侵华之罪行咬牙切齿。希望国人勿忘国耻,谋复兴以求和平。

## 一 甲午之耻

甲午风云战事开,茫茫黄海起阴霾。
北江陷落雄魂在,旅顺沦失大帝衰。
火浪冲天军舰毁,忠臣洒血亿人哀。
"马关"养虎终为患,国贱民贫日寇来。

## 二 辛丑之耻

联军兽性掠燕京,涂炭生灵紫禁城。

"拳匪"竖旗驱外寇，佛爷保命躲关中。
泱泱华夏遭狼啮，浩浩民族受狗凌。
辛丑丧国千载耻，邻邦小岛屹顽凶。

## 三　日俄东北之战

东洋鬼子北极熊，利益相夺起战争。
旅顺港前兵事紧，沈阳城内炮声隆。
庶民家破遭杀戮，紫禁灯红唱太平。
千万巨银赎辽事，天诛人怨葬皇清。

## 四　二十一条之耻

豺狼得志更猖狂，日寇胶州摆战场。
侵略富国国更富，豪强无理理犹长。
奸雄自古奴才性，恶霸从来虎豹肠。
"五号"条文谋帝位，黄粱美梦付汪洋。

## 五　济南惨案

北伐义举震彤天，摧朽拉枯谱纪元。
重整江山悬彩日，驱逐倭寇建家园。
可悲强盗言侨事，更叹国军陷济南。

十六英灵哭鲁地,三千热血染群泉。

## 六　九一八事变

柳条湖畔夜沉沉,残月无光布战云。
北大营中燃炮火,奉天官邸易新人。
前防将士拔弓剑,绣帐张公伴赵君。
一曲国殇十亿泪,年年设供祭亡魂。

## 七　铁血江桥

铁骨铮铮马占山,临危不惧剑高悬。
绿林毛子担斯任,热血男儿灭汉奸。
苦战江桥歼日寇,威扬大地镇边关。
国家有难匹夫恸,试问张公可汗颜。

## 八　东北义勇军

白山黑水九天摇,万里江河卷怒涛。
共愤寇行挥利剑,同仇敌忾舞长矛。
国亡岂再萧墙祸,家破安能豆釜号。
高举义旗酬壮志,辽原处处斩酋刀。

## 九　平顶山惨案

昭和烈女效天皇，井上清一兽性狂。
平顶山村挥菊剑，草坪地上变杀场。
机枪六架喷毒弹，民众三千遇祸殃。
炸毁石崖埋罪证，桩桩血债血来偿。

## 十　淞沪之战（一）

黄浦滔滔鬼亦愁，日军犯沪愤神州。
英雄甘洒英雄血，壮士何惜壮士头。
鏖战百天争寸土，杀敌数万谱春秋。
泪飞化作姑苏雨，呜咽长江不尽流。

## 十一　血染雄关

千年烽火铸雄关，战士出征有几还。
铁马冰河霜月冷，戎衣青剑朔风寒。
捐躯难饮民族恨，断颈何须父母怜。
城破将亡豪气在，安公以血荐轩辕。

## 十二　烽火长城

莽莽长城雪满山，中华遍地起狼烟。

大刀挥舞国魂壮，火炮横飞古月悬。

冷口今驰秦将马，南天又举魏王鞭。

后方学子齐参战，蒙羞"塘沽"战又燃。

## 十三　慰安妇

暑去冬来六秩秋，至今难洗满天愁。

慰安之耻黄河耻，营妓其羞五岳羞。

日寇纯为猪狗类，菊花更是沐冠猴。

大和陛下高高坐，无数冤魂向尔究。

## 十四　移民

日本移民西渡海，屠吾百姓霸吾郭。

烧杀抢掠犹倭寇，偷盗奸淫似鬼魔。

几万农家遭迫害，三千华里被剥夺。

富原沃野肥洋犬，白山黑水总诉说。

## 十五　四十二万劳工

日寇杀人又掠人，重洋远渡做游魂。
儿童亦去修军事，老叟常为采矿金。
塞外暴行惊地栗，花冈惨案骇天闻。
四十二万劳工泪，岂忍赔偿化土尘。

## 十六　平津失陷

敌军秣马战旗扬，守将填壕又毁墙。
魔鬼逢时尤恶狠，豺狼得志更猖狂。
炮轰京地和谈破，枪戮平民怪论亡。
佟赵为国同饮弹，辉悬日月载华章。

## 十七　淞沪之战（二）

旷世烽烟起沪淞，雄浑悲壮啸长空。
大军百万争夺战，申地十尺对垒营。
一寸山河一寸血，满腔激愤满腔情。
男儿立志疆场死，浩气千秋耀浦东。

## 十八　平型关大捷

平型关口设伏兵，血染倭儿晋地红。
林帅军赢怀大爱，坂垣将败显狰狞。
扬眉吐气国民赞，落魄丢魂日寇惊。
八路出师赢首战，蒋家发电贺周公。

## 十九　晋中鏖战

表里山河三晋险，兵家逐鹿必争夺。
阎皇守土联歼寇，中共抛嫌为保国。
忻口虽沦天浩荡，太原又陷地磅礴。
是非功过谁来论，赴死将军有几多？

## 二十　南京保卫战

金陵自古几存亡，扬子江边数度殇。
白刃相接杀虎豹，肉躯互戮保家邦。
青天腐败刀犹短，赤日嚣张弹更狂。
十万大军全溃退，唐公长叹付汪洋。

## 二十一　南京大屠杀

恶魔狂笑鬼狼嚎，脂漫金陵肉火烧。
两兽杀人犹踩蚁，军吉断颈似切瓢。
中华城上尸如岭，燕子矶边血若潮。
纵使长江千载水，焉能洗耻恨何消。

## 二十二　南京强奸惨案

屠夫杀戮三十万，禽兽淫威愤九天。
泄欲幼童割母乳，轮奸老妪破肠肝。
白衣天使遭强暴，庵内尼姑受性残。
罪恶如山惊世界，石头滴血恨绵绵。

## 二十三　万人坑

八十多个万人坑，白骨堆山血漫城。
断腿剖肝心下酒，解肢挖眼顶燃灯。
砍头示众高杆上，焚体抛尸大浪中。
废堡残垣仇与恨，狂飙怒火卷腥风。

## 二十四　血战台儿庄

咄咄日寇进中原，李帅屯兵任负肩。
运水岸边圜肉垒，台儿庄寨斩凶顽。
巍巍将士魂归土，朗朗乾坤血染天。
半月抗敌终取胜，英雄落泪不轻弹。

## 二十五　徐州会战

凄风苦雨袭天皇，以怒蒙羞战事狂。
侵略反为标正义，豺狼却要陷绵羊。
张牙舞爪围徐地，隐迹藏踪御楚疆。
陷落兰封薛岳恨，悲歌一曲举国殇。

## 二十六　百团大战

平津齐鲁太行山，敌后烽烟处处燃。
八路将军军更勇，百团大战战犹酣。
"攻坚""破扫"人民笑，"扫荡""囚笼"恶鬼残。
不愧铁肩堪重任，中流砥柱挽狂澜。

## 二十七　武汉保卫战

蒋公洒泪九重云，三镇哀鸣炮火闻。
五月干戈折士将，十年荣辱愧诸君。
长江东去愁无限，楚地西迁志尚存。
营退蜀渝学汉祖，江山空对负心人。

## 二十八　重庆大轰炸

岁月岂消昔日恨，至今重庆愤难平。
空中抛下千钧弹，江畔沦为万丈坑。
火海烟山燃庶户，鼠菌霍乱葬民生。
同仇敌忾冲天焰，渝水巴陵铭兽行。

## 二十九　铁军远征

铁军浩浩显国威，首战南陲共举杯。
长跪野林浊泪洒，三移灵柩壮魂归。
激夺天险骄阳落，鏖战腾冲大地悲。
缅甸西征十万将，荒坟孤鬼几人回？

## 三十　水深火热

中华血染太阳旗,"焦土""清坚"御外夷。
烈焰熊熊南楚叫,黄河滚滚豫原啼。
稍息敌寇枪和炮,大祸人民火与泥。
从古至今多少战,潼关一曲为谁题?

## 三十一　常德之战

控引巴蜀制洞庭,渔乡沃野古升平。
倭儿欲略粮仓地,铁甲孰失锦绣城。
烈士永垂标范史,中国万岁贯长虹。
瓦斯瘟疫细菌漫,残暴人寰野兽行。

## 三十二　铁血空战

凌云空际自回旋,还我河山任负肩。
飞虎相援遵大义,华侨毅返是奇男。
珠峰远运联军奋,人道长征日寇寒。
千万亡魂埋异土,英雄洒泪九重天。

## 三十三　后方大支援

抗倭烽火遍神州，万水千山共御仇。
父赐儿旗能拭血，妻织夫笠莫惜头。
乞民捐款忠心献，学子操戈壮志酬。
娇女戎装驰战马，农家重负载国忧。

## 三十四　文化抗战

万首檄文万杆旗，长城皓月照征衣。
高粱大豆悲声放，青帐山岗怒吼疾。
子弹喷出燃战火，大刀横扫显雄师。
至今我辈歌前进，热血奔腾奋马蹄。

## 三十五　日本投降

穷兵黩武战争狂，罪恶昭彰自灭亡。
五亿国人歼丧犬，四军盟友胜强梁。
白山黑水掘倭墓，广岛长崎葬寇场。
刑绞屠夫难解恨，冤魂千万绕天皇。

## 三十六　抗日战争胜利

长空浩荡起春雷，古老神州泪雨飞。
血祭英雄千万万，梦平倭岛几回回。
残垣借酒开怀饮，断壁横笛尽意吹。
家信纷纷飘内外，先翁黄冢亦扬眉。

## 三十七　汉奸

降日汉奸三百万，充当洋犬甚凶残。
汪贼艳电亡国策，溥仪儿皇丧主权。
背叛民族家狗祸，屠杀兄弟豆釜燃。
若能勠力平倭寇，何苦八秋又六年。

## 三十八　反思之一

黑水白山尽彩虹，卢沟桥畔庆升平。
南京盛岛移碑座，珠海红颜卖粉容。
方正辱国仇变爱，谭家闹剧罪为功。
中华城堡朱家事，无有当年炮火声。

## 三十九　反思之二

倭儿战败已穷途，玉碎升天自断颅。
武士精神违大道，军国主义赌民族。
混淆善恶封千岛，颠倒人妖赞暴徒。
东亚幽灵今且在，神坛香火祭屠夫。

## 四十　反思之三

世界从来战事急，和平本是汛潮期。
钓鱼岛上多风浪，南海油田有外师。
韩美演习称霸主，倭奴虎视待良机。
国人勿忘昨天恨，富士山前问旧时。

# 有感伟大诗人四首

## 一 屈原

方冠南楚吊屈原,高唱《离骚》问九天。
诚信见疑心若水,忠直被谤志如兰。
昆仑漫漫何其苦,野庶荒荒更是艰。
《哀郢》殉国湘地泪,大江把酒祭龙船。

## 二 李白

绝伦飘逸李谪仙,笔起惊风五万年。
滚滚黄河天上落,重重蜀道野猿攀。
媚诗悦宠杨家女,汗马飞驰古塞关。
酒入愁肠虽是月,盛唐半壁剑空悬。

## 三 杜甫

吾崇子美是诗皇,年少才狂咏锦章。
困守长安忧社稷,惊闻鼙鼓破霓裳。

"二行"愤写兵戈苦,"三吏"倾说战乱殇。
客死湘舟千古恨,今人谁效痛民疮。

## 四　白居易

春风野火著其名,两鬓苍苍卖炭翁。
唯唱草民哀乐府,愿闻天子痛国情。
白堤千载英名显,司马一诗雅韵轻。
敢问李杨长恨事,半篇羞耻半篇荣。

# 有感古代才女四首

### 一　蔡文姬

文姬自幼在豪门，弹唱诗书柳叶裙。
不幸中原逢战祸，可怜才女落荒尘。
夜陪番主潸潸泪，昼奏胡笳怨怨魂。
九断柔肠别爱子，夜阑跪相救夫君。

### 二　薛涛

吟诗叶送往来风，注定红尘恨此生。
伯乐识才惊帅府，薛涛收贿贬川松。
边城烽火羌族马，深巷枇杷宦吏情。
绣帐咏花鹦鹉汉，相思蜀地万山重。

### 三　李清照

婉约词宗亦鬼雄，皇家含辱坐江东。
夫亡书佚三千里，国破民哭万座茔。

昔日云涛风且住，今朝蕉叶雨难停。
愁肠寸断梧桐泪，枕上潇潇梦汴京。

## 四　柳如是

兰心惠丽叹奇才，箫咽青楼子规哀。
如是别情哭夜雨，子龙忍痛断戎台。
红颜小宛同君去，白发梅魂共语来。
赴难为国豪气壮，流芳千古伴秦淮。

# 骊山有感八首

## 一　骊山

骊山春色最宜人，垂柳桃花万象新。
秋季石榴红似火，隆冬飞雪素如银。
渭河北绕云天外，秦岭南绵岵壑深。
社稷丽人何是重，几经盛世几沉沦。

## 二　烽火台

幽王贪色戏诸侯，烽火台前万载羞。
褒姒锁眉愁涅帝，西戎开战灭西周。
千金难买红颜笑，百将安敌绣枕柔。
昏主亡国无限恨，洛阳宜臼续春秋。

## 三　坑儒谷

萧萧易水叹荆轲，嬴政雄风扫六合。
骊麓筑陵埋百姓，阿房宫内掠娇娥。

坑儒本是千秋罪,暴赋何为万代歌。
铁铸江山十五载,羞充鹦鹉鼓妖舌。

## 四　汉骊宫

金屋藏美小刘郎,汉帝骊宫艳梦长。
跨马平夷开四域,临朝修史振国邦。
偏听巫蛊犹高祖,颁布轮台胜始皇。
妃后焉能干政事,武功文治第一王。

## 五　鸿门宴

霸王设宴在鸿门,剑影刀光戟似林。
无奈沛公狼眼泪,可怜项羽妇人心。
尔疼虞女惜骓马,吾爱良臣重庶民。
盖世英雄哭父老,街头竖子定乾坤。

## 六　华清宫

骊山紫殿九霄重,栋栋楼阁映彩虹。
佳丽盈盈空锦帐,儿媳曼曼沐华清。
乱伦艳事千夫指,误世长歌半曲评。
杨爱胡人旋转舞,洗三认母反朝廷。

## 七　兵谏亭

张杨兵谏在骊山，九派风云丙子年。
挥笔延安评抗战，愤声飞峙唱宣言。
齐心尽洗民族耻，携手同谋社稷圆。
无数英雄含笑死，爱国何必计前嫌。

## 八　长恨歌广场

如今世事不为奇，父纳儿妻最适宜。
政府耗银标典范，情人拜偶唱相依。
上天已做同林鸟，入地何能连理枝。
请问大师谁有胆，李杨合冢葬高骊。

## 戊戌春节有感

儿时戏雪卷烛红,银带绯衣更有情。
岁月悠忽如逝水,人生短暂似流萤。
东邻已住天怡苑,西舍长眠永乐宫。
万事皆为茶后语,诗书夜夜伴寒灯。

## 戊戌元宵节有感

戊戌两度又斯年,岁岁元宵月更圆。
变法百天书奏稿,红旗三面献忠言。
春秋褒贬锋无意,寒暑轮回路自宽。
大唱今朝华夏梦,威扬四海竞千帆。

## 戊戌中秋有感

月圆月缺六十秋,逝者如斯志莫酬。
华岳吟诗忧草庶,长江击水泛中流。
热风散尽黄粱梦,冷雨沉埋破帽舟。
欲问戊戌多少事,轮回几度卧书楼。

## 再读《陋室铭》

陋居不陋妄虚名,自诩神仙又诩龙。
阶绿帘青多显贵,衙高曲寡少白丁。
懒临牍案勤民事,枉做朝官诵素经。
子厚亦能鞭税赋,晨茗晚宴赖农翁。

## 游西湖岳坟有感

栖霞岭上拜忠臣,殿冷香残有几人?
奸佞卖国成往事,英雄喋血化浮云。
富僧贵道择豪寓,寒士穷儒卧庶门。
荣辱是非今倒置,轻为东岳重为尘。

## 寄孙若林

瑞羊衔穗跨猴春,万里关山寄若林。
国外广学将四载,膝前跪乳少一人。
庶家教子非为报,慈母遮门不尽陈。
朝骋翰园夕艺海,鸿鹄翼就更思秦。

七律

## 赠马河声

鲤鱼衔浪跃龙门,马跨羊年墨韵新。
晨舞兰亭①书字画,夜栖河内②论诗文。
呼风唤雨芙蓉岭,流水行云处女神。
大笑长安楼栋栋,莘原沃壤报三春。

---

① 兰亭,地名,位于今浙江省绍兴市。王羲之《兰亭集序》有"群贤毕至,少长咸集"之句。
② 河内:指竹林七贤常聚会的地方,河内之山阳也。与上句皆指马河声和文友相聚其画室懒园。

## 游海南五公祠

唐嗟宋恨贬崖州,自古忠良莫负愁。
投岛报国蛰苦海,崇文施教树斯楼。
心怀边庶黎峰鉴,志效南疆万水流。
粟井浮金千载颂,何须伴虎强封侯。

## 黄河魂

洽川盘古几时开,滚滚黄河动地来。
大水走泥八万岁,厚云积岸五千台。
地啼风啸如雷吼,云卷沙飞似浪排。
仰望铁龙施雨露,旱原美景我重栽。

## 福 山

独峰奇秀傲终南,天赐神蝎扫宇寰。
三教笑谈香火事,九福普度众生缘。
祥临深院仙踪处,瑞绕柏林鸟径间。
西负黄龙东望晋,涛声依旧古灵泉。

## 杭州中国作家之家有感

小桥深处是吾家,半亩楼台半亩茶。
晨望北峰红叶染,夜聆溪水落花斜。
何求灵隐千人拜,不慕皇城万户夸。
风起寒门弦外事,胸怀海角与天涯。

## 游福州三坊七巷有感

粉墙青瓦赋流型,雕柱楼台六座城。
七巷潮生连爱树,三坊水绕咏诗亭。
乌衣尽是堂前燕,酒肆常为斗笠翁。
月影疏梅今尚在,市桥恍若念书声。

七律

## 恭贺雷珍民先生艺术馆落成开馆

黄河古岸起春雷,群雅咸集柳絮飞。
幼稚习儒学养厚,华年洗墨艺林辉。
莫谈昔日槐花怨,尽看今朝月季微。
耿耿乡情深似海,莘原唤我寸心归。

## 辛丑端午有感旧事八首

60年前,吾方弱冠,效李白、杜甫之足迹,漫游东南九省,适逢端午,于汨罗江畔拜祭屈原,高唱《天问》,苦泪长流……时至今日,此行乃忧乎!乐乎!祸乎!福乎!悔乎!恨乎!利乎!弊乎!

### 一 扬州拜二忠祠

淅淅早梅下扬州,天际长江不尽流。
热泪童年听"烈火",爱国百岁记心头。
二贤祠内悠悠恨,北固山前阵阵愁。
一座江山千座骨,败为贼寇胜为侯。

### 二 泛舟西湖

红装摆渡笑扶舷,花港观鱼四月天。
漫步苏堤吟六座,赋诗残雪望孤山。
几经谪贬痴心在,数处荒蛮伟业悬。
回首岳坟无限恨,奸臣跪地赵开颜。

## 三　雨夜歇金华

疾风苦雨歇金华，小店床头想吾家。
慈父呼儿倚老树，逆童洒泪在天涯。
衣单难御三更冷，梦短无缘午后茶。
烈酒一壶车站外，断肠千里咏昏鸦。

## 四　路断旅莱州

闽江路断旅莱州，莽莽群山再滞留。
一座青楼千客住，半条街道万人游。
夜阑雨伴琵琶曲，檐下风吹壮士喉。
岁岁高歌国至上，松花江上铭家仇。

## 五　鼓浪屿观海

东海茫茫涌九天，腾飞展翅恨无缘。
天心地胆归何处，九派八极有几源。
击水赋诗难觅句，驾舟把酒少扬帆。
风狂浪猛航程远，西返梨花去种田。

## 六　端午祭屈原

汨罗水畔吊屈原，代代昏王宠巨奸。
愤写《离骚》哭社稷，高吟《橘颂》恨谗言。
龙舟竞渡民间祭，丝粽投江草庶怜。
自古权臣通四海，忠臣身后枉封坛。

## 七　岳阳楼怀古

浊浪排空五月天，蒙眬醉眼又凭栏。
满城苦雨行人少，四水风云楚地旋。
塞下征夫千嶂里，岭南黎庶万重山。
庙堂之上江湖远，试问为官几圣贤。

## 八　渑池怀古

盟台荒草照夕阳，一阵风沙透骨凉。
秦主巧言联败楚，赵王愚昧铸国殇。
江山破碎书忠义，遍地烽烟反暴皇。
是是非非谁定论，明清唐汉撰文章。

## 和贺娟芳《独夜》

扬州烽火动天来,北固楼台战事开。
佛狸祠前无社鼓,英雄马背展诗才。
大江东去人生梦,千古江山壮志哀。
京口冬寒能有几,何须独夜借愁杯。

附:贺娟芳《独夜》
  风声何处动天来,疑似鬼门此夜开。
  冬已萧条逢暗雨,身犹憔悴废诗才。
  疏灯远送早行客,归梦不羁杂念哀。
  偏有深寒侵骨冷,纷纭都入手中杯。

# 词

## 沁园春·武帝山怀古

武帝之巅,目览八极,手挽四方。看黄龙舞动,五洲烟雨,山河造化,九派风光。金水徐流,三原横断,铁马萧萧金鼓扬。乘龟去、跨茫茫东海,浪猛风狂。

谁来评帝说王。赞汉武、功失胜始皇。叹龙城飞将,凌空落雁。二杰司马,千古文章。巫蛊当朝,臣民沸乱,祸起萧墙父子伤。轮台诏,向国人认罪,举世无双。

## 巫山一段云·登梁山

　　石径通佛地,神灵落险峰。满山红叶雁寒空,泉水伴风声。

　　九九秋阳短,冰霜山月明。千尊佛首怨重重,洒泪在三更。

## 破阵子·登白云山

万马奔腾塞外,千军横扫楼台。八百里收拾不住,风卷云全扑眼来,激怀狂浪拍。

自古兴亡胜败,犹如鬼使神差。无悔帝王佳县路,道观山门向上开,地灵出旷才。

## 水调歌头·金沙滩怀古

马啸武周寨,刀映雁门关。英雄痛饮行酒,壮士不归还。祸事皆为王起,萧后挥戈数万,浩浩下中原。八子殒七虎,碧血洒黄滩。

几经战,几度败,几朝安。天波府内,红颜骑马短儿男。将士沙场战死,奸佞机关算尽,皇帝坐江山。动荡思良将,盛世宠谗言。

## 贺新郎·登黄鹤楼

　　滚滚君王谱，越千年、沧波万里，几移新主。刘备周郎黄鹤宴，诸葛神囊妙术。叹陆逊、彝陵垂古。一部三国刀剑史，吊斯楼、谁鼠谁为虎。天斗转，照鹦鹉。

　　东坡赤壁千秋赋。李谪仙人生似梦。乘风伴舞。吴主不悬黄鹤剑，安有今人游处？吟颢句、乡关思暮。唤起春风八百度，锁龟蛇、烟雨茫茫路。歌九派，矗三楚。

## 摸鱼儿·大雨登岳阳楼

　　步斯楼、楚天旋扭。洞庭排浪如吼。四龙腾跃衔吴越,须摆半山移走。天水漏!今欲现、英华年少潇湘路。风狂雨骤。喜万橹逐帆,浪尖风口,诗兴伫楼首。

　　千年事,不尽长江夜昼。孤舟流涕如酒。关山戎马哭青袖,空恨灞桥堤柳。曾记否?忧乐句、朝朝为宦皆经斗!国民当厚。叹杜甫希文!公仆何在?谁自愧怀疚。

# 破阵子·商事有感四首

人们想着下海，争着下海，我最先下海，二十多年商海沉浮，眼泪比欢笑多。近年来，一个小县城，商海亦是硝烟漫漫，干戈四起。感慨之余，填词四首。

## 一

一路风云变幻，六十风雨如魔。各路诸侯烽火起，漫漫硝烟血染河。干戈难了脱。

要是身临商海，贪心更是勃勃。如履薄冰惊日夜，胜也高歌败也歌。谁人能奈何？

## 二

夜夜红灯烧透，不知风月将何。自古商机如战火，暗斗明争怨恨多。书房心泪浊。

华岳临风弄赋，长江把酒当歌。生计相逼经此道，胜也为阕败也阕。是阕还奋搏。

## 三

　　晨赴鸿门酒宴,暮为西汉高皇。胜败人生弹指过,潮落潮生浪若狂。潮儿弗有常。

　　昔日艰辛苦斗,今时笙乐飞扬。剑影刀光沉醉处,击水中流易断航。风疾蹄莫张。

## 四

　　半晌东风苦雨,万花纷谢夭殇。最叹梧桐秃了树,落叶折枝摔破墙。人间脱旧装。

　　大地阴阳复往,春来冬去天长。待到江边开橹日,自有冲冠善战郎。祭帆达五洋。

## 临江仙·木罂渡怀古

滚滚黄尘秦驿道,西天血染残阳。烟云往事待商量,木罂今不在,千载吊齐王。

自古评弹天下事,常为鸟尽弓藏。三家分晋晋家亡,功高臣震主,何罪怨刘邦!

## 临江仙·武帝山上望司马祠

　　武帝山前烟火著，韩原冬草青青。君臣日夜话谈声，难收刘彻泪，司马怨重重。

　　代代宫廷多少事，至今难论输赢。主思社稷吏思名，江山臣子骨，卒血染英雄。

## 踏莎行·武帝夜宿如意村

一夜相欢,天涯两处,月牙西落思郎苦。春风不见贵人来,妾身懒向谁家吐。

鸟去巢空,帐凉莫主,赐名如意村前树。薄衾难耐五更寒,旧颜已去寻新户。

## 踏莎行·处女泉怨

  细雨丝丝,落花怨怨,秋风也把人间叹。一年一度旅游节,游人谁把侬怜念。
  芦草深深,小舟泛泛,睢鸠难觅芙蓉断。愿随君子续西厢,奴家最恼无情汉!

## 八声甘州·成陵有感

游成陵,恰逢暴雨,狂风大作,黄沙罩天。遥想当年成吉思汗,挥戈纵马,叱咤风云。激情难禁,填词一首。

看乌云漫漫涌阴山,直接贺兰峰。炸雷长空过,倾盆雨注,浇尽成陵。一代天骄纵马,挥剑跨长城。蒙汗苍狼史,欧亚为雄。

四世征尘未洗,叹餐风宿露,铁骨铮铮。取江山万里,弃帐坐龙宫。后庭花,剑光刀影。对人民,暴政只弯弓。元天下,水流东去,民意无情。

## 念奴娇·白云山

丁亥年腊月,我与宗耀、春生、岳刚等人共登白云山,沿天门而上,见数株枯松,在寒风中泣抖,究其由,皆为雷所击。白云观乃天下名观,何事理之不公,让树木代其受罚?感叹之余,填词一首。

重重神雾,笼罩着八卦金枪铜鼓。数百年黄河巨浪,吞了英雄无数。将相王侯,抽签问卜,直上天门路。江山千载,也难弗换新主。

请看观后荒原,柴门万户,在背朝黄土。世上不平多少事,你也弃贫贪富。几树秃松,寒鸦枯杈,亦向西风诉。枉食香火,雷公何以饶恕。

# 卜算子·无题四首

秋风苦雨，思绪颇多。偶成卜算子四首，为无题也，真是：冷雨西风处，依依情难了。

## 一

墙断老槐残，冷雨西风处。不见石榴笑靥红，蓬草难寻主。

命里且无缘，相恨天涯苦。无限流年有限秋，浊泪滴华赋。

## 二

一首挂肠诗，半卷幽情画。闺事重重怎奈何，错与奴夫嫁。

窗下忆南沟，枕上三郎骂。月透兰庭弄旧箫，了却平生罢。

## 三

花落九年霜,岁岁牵魂绕。无奈孤身大漠西,心似虫儿咬。

薄命数红颜,痴汉寻烦恼。浅唱独吟柳永词,梦里衔芳草。

## 四

蜂怨蕊开迟,蕊恨蜂来早。相聚黄昏夜雨时,两两情难了。

争秀舞西楼,雪散孤梅少。候鸟择枝柳顺风,莫负君心老。

# 词四首：节令有感

## 唐多令·中秋

晨是杏花红，夜来梅戏灯。五十年、飞似流萤。眨眼中秋今又是，天上月，雾千重。

楼外玉人惊，楼中歌舞轻。怨牵牛、魂绕枯藤。春去秋来须自晓，悲秋雨，锁蝉声。

## 蝶恋花·寒露

寒露夜初风莫主。树叶沙沙，疑是天公舞。街上行人都入户，轻歌曼舞深楼处。

乍眼丽人回首顾。秀发齐眉，风过红裘馥。一笑凄然心已悟，无言胜似千般诉。

## 浪淘沙·重阳

细细雨儿斜，瓣瓣黄花。楼台凉气透窗纱。几片残桐穿院过，犬吠寒鸦。

武帝赌年华,七子朝霞。一枝酸枣冒石崖。今又重阳秋已去,深院寻茶。

## 江城子·冬至

朔风呼叫雪花狂。帐中凉,挂柔肠。蒙眬醉眼,天地尽茫茫。雪挂寒枝君在外,年已近,意彷徨。

问卿曾可细思量。看流觞,话钱塘。闻莺柳浪,更忆凤凰床。千种委屈寻诉处,情切切,意长长。

## 蝶恋花·无题四首

### 一

春雨沙沙初入梦。疑是香魂,绣帐朱唇赠。怨怨声声轻语碰,窗前风落催人醒。

相忆少时浊泪迸。雨打梨花,薄命苍天定。四月西沟尝小杏,心中酸味今犹更。

### 二

魂绕汴京重觅旧。北斗梅花,银汉相隔久。不见东湖堤上柳,秋风无奈梧桐瘦。

夜夜月西门自扣。碎语悄悄,不晓东方透。谁料琼楼寒意骤,吟诗挥泪孤舟漏。

### 三

半曲洪湖心已乱。一部悲歌,共谱双飞燕。苦雨凄风如利剑,天涯沦落风筝断。

流水暮年今又见。欲叙离愁,话到唇边散。有限韶华无限怨,难违天数一声叹。

## 四

发誓奴家随你嫁。生不同时,无奈将天骂。谷雨婚期难过夏,与君舍命梨花坝。

休怨妾身今变卦。蜚语流言,处处郎君怕。淡月一钩藏树杈,不知芳草为谁纳。

## 雨霖铃·无题二首

### 一

前缘铸错,恨十年锁,尽数戳破。闲言碎语如箭,伏机四面,寒风萧瑟。肆酒何须门第,慕枕杷星落。小苑泪、白发梅魂,怨怨秦淮咏卿我。

石桥戏弄芙蓉萼。望娇荷,总怕狂风惹。芦花欲飞何处,星斗暗,梦圆农舍。雨夜吴淞,曾是匆匆过路行客。日已暮、再度良宵,但愿来生设。

### 二

潇潇楚地,在洲头上,偶遇佳丽。相识但恨方晚。如湘浪涌,狂情难抑。欲赋诗词咽句,泪飞天红雨。怎了却、孤雁衡山,翅断声嘶搅心绪。

痴情总是心无忌。夜梧桐,树下终身许。巴陵对品云雾,烛剪影,醉男痴女。美景良辰,东去长江恨付天际。信渺渺、鹤发童声,浅唱别君曲。

## 昼夜乐·无题

至今对我千层恨,二十载、不容忍。白云乱度巫山,亦被伊迷情困。谁料春残烛已烬,夜更冷、被薄风紧。噩梦醒来时,汝情仇愈甚。

不该轻意西窗寝,暴雨狂、起潮汛。浪急橹断舟漏,孽果何须再问。也怪春花常自误,觅新曲,谱风流韵。旧债总相思,莫疯言相损。

## 祝英台近·无题

浦江情,西子地,莫负摆舟女。天赐良缘,云暗起风雨。港池意懒观鱼,避舱舍内,布帘坠,枝摇花絮。

两分际,路断相见无期,魂绕梦中忆。情恨孤山,重叙旧时语。赋诗又引愁来,今春何觅。望不尽,水蓝天碧。

## 水龙吟·读书感怀（步贺娟芳原韵）

　　苏堤三月如烟，大江东去千秋后。长城万里，运河千载，任凭良莠。怒发冲冠，鞠躬尽瘁，泪沾衣袖。看豪杰青史，雌雄胜败，薄生死，功名厚。

　　莫叹星移转斗，咏流年，华章银手。前程似锦，人生难免，风狂雨骤。寒去春来，花开花落，童颜依旧。欲中流击水，临行壮志，岂能黄酒！

　　附：贺娟芳《水龙吟·读书感怀》

　　千秋岁月如烟，谁将故事留身后？秦书汉史，唐风宋韵，堪分良莠。一卷诗书，半窗灯火。憔悴霜袖。纵龙章凤笔，经纶韬略，青云梦，浮名诱。

　　最是南星北斗，弃华年、可怜空手。流年检点。潇潇昨夜，风狂雨骤。杨柳吹绵，秦桑绿陌，春来依旧。待今朝满眼，风光赏罢，且温黄酒。

## 齐天乐·丁酉元宵夜有感

皓轮升自东楼处。何人破窗睱顾,凤闹银花,龙衔火树,还有鸡鸣别墅。轻歌曼舞,看酒醉吴刚,桂烟薰兔。可叹嫦娥,冷天长夜甚难度。

梨花岸边错步,月光临瓦舍,数家农户。犬吠街空,柴门紧闭,牖暗翁婆独箸。人七在路,赴海角天涯,舐情哭诉。几里相隔,恨农家最苦。

## 齐天乐·丁酉元宵夜寄孙若林

煮茶自问朦胧月。他国岂为元夜？漫漫关山，泱泱大海，风卷星桥天阙。银花似雪，赞火焰七枝，彩楼金榭。满座儿孙，寸屏万里抢灯悦。

阑珊斗星更烨。老夫难入梦，思孙心切，乱绪凭窗，何能展翅，暂与飞鸿相借。留洋两届，历异地艰辛，竟成学业。报我中华，望情弥意惹。

## 永遇乐·感叹李元昊

扬马挥戈,驰飞千里,弘势如虎。手握七州,临河五郡,横扫萧关路。图强精治,屯兵秣马,一代霸王英主,唏嘘兮!双雄交手,不知鹿死何处?

宫廷艳史,昏王无数,血溅龙床戟斧。可恨平王,夺媳杀子,奢死忠良误。华清池内,春宵苦短,更叹范阳鼙鼓。恨苍鹰、红颜绣帐,丽风莫度。

## 贺新郎·暮登贺兰山

莽莽中天剑。叹黄沙、贺兰莫度,月垂鸿断。大漠长河穿北去,塞上风华尽现。归日处烟轻云淡。沃野千年秦汉在,看今朝,万顷平湖展。笳鼓紧,夜花艳。

六盘深处萧关远。问何时鼓残钟废,弃戈盔片。西夏泰陵蓬蒿暮,胜败枭雄自怨。恨马帝、冲冠击案。胡马啾啾阴山裂,坐江山、屠戮三千万。民至上。暴为患。

## 念奴娇·登华山

余七十有三,九攀华山,初登华山乃弱冠之年。追昔忆往,思绪如水,填词一阕。

剑锋罗立。问开天辟地谁人杰作。一线尽通云断处,白鹿苍龙横卧。诸路神仙,隋王宋帝,草木匆匆过。伟哉西岳,剑刺霄汉魂魄。

回顾年少轻狂,飞身落雁,犹似春雷抹。把酒芙蓉挥笔舞,放笑八极孰阔。指点孤山,潇湘弄浪,举手摘黄鹤。问天何意?年华重度归我。

## 贺新郎·神农谷感怀

问瀑来何处？挂青天，飞流万丈，剑扬云驻。冲尽红尘石不动，咬定楠竹不吐。百鸟落、青峰难渡。欲借湘妃云彩袖，赴蟾宫、尽看群仙舞。平与我，论诗赋。

神农走遍神州土。布耕耘，罹毒百草，导民衣粟。可叹江山多绚丽，几遇英雄屠戮。屈子怨，龙舟吊楚。更恨倭奴仇未灭。壮激怀，极目潇湘路。旗漫卷，我擂鼓。

## 沁园春·庐山有感

莽莽庐山,九派烟云,虎踞龙盘。忆五十寒暑,几曾风雨,几经鏖战,烽火连天。祸起萧墙,倭奴侵犯,无数英雄凭破栏。国危矣,赞全民奋起,抗战宣言。

尸横血溅八年,换就了金瓯月暂圆。叹战云骤布,雌雄三载,蒋家惨败,中共江山。政治玄机,层层红浪,不尽忠良含恨眠。恩和怨,望大江东去,千里云烟。

## 齐天乐·海南天涯海角

几曾哭断天涯路,残云瘴烟鼙鼓。杳杳琼山,滔滔海角,尽是游魂归处。凭栏几度。任诽语谗言,蟒蛇貔虎。恶浪腾空,万般罹难葬荒土。

椰风雨林月浦。看千姿百态,游人争睹。物涌南天,楼摩五指,远际白帆无数。莺歌燕舞。喜花鹿回头,凤飞凰翥。纵目珠崖,尽豪商富贾。

## 水龙吟·焦裕禄

　　黄河古道梧桐,枝繁叶茂沙滩地。涓涓渠水,树荫绿带,岂能忘记。问苦扶贫,行程万里,油盐柴米。探沙源风口,治盐排涝,除三害、谋福利。

　　日夜操劳忘己。患肝癌,民情难弃。生其兰考,病其草庶,死而不已。既是公仆,献身事业,焉能辞矣。赞哲人表范,功垂后世,似高山立。

## 望海潮·剑门关抒怀

　　青龙凸起,群峰坠断,形如利剑天门。千仞屹空,叠峦竖嶂,直插雁落孤云。神鬼亦惊魂。看蔓缠斗柄,峰立星林。秦道横绝,是谁神力铸乾坤?

　　烽烟滚滚如尘。叹江山锦绣,几度兴沦。钟会故城,姜维巨像,英雄恨泪沾襟。碧血染丹心。忆坐驴古栈,衣上征尘。尽诉雄关漫道,胜败说诸君。

## 满江红·扬州怀古

吴越邗沟,争霸主、几经恶战。哀鲍照,广陵荒赋,鸟绝垣断。炀帝巡游山岳舞,琼花竞艳歌声曼。忆三公、兵败虏屠城,天神怨。

思往事,心绪乱。怜百姓,多涂炭。叹江山几替,帝家频换。天道何知贫者遘,虐王淫愎劳生惨。看今朝、绿水共青山,谁挥染。

## 青玉案·读书（和贺娟芳）

家藏万卷为书蠹，俯首看，抬眉遇，过眼烟云难舍取。唐诗元曲，宋词汉赋，尽在斜阳处。

东郭遍地达人语，世事无常野鸡舞。尽卖风流人且顾。咏花邀月，青丝哀暮。颠倒归和去。

附：贺娟芳《青玉案·读书乐》

闲翻旧卷忧书羞，更几筐，如初遇，满纸风烟心系取。牡丹宜梦，落花未负，圣叹眉批处。

渔樵故事山狐语，忘却轮回凤凰舞。万盏飞觞都不顾。举杯邀月，敛云如暮，念我归来去。

## 沁园春·陕北怀古

莽莽昆仑,万种玄机,造地补天。看卧龙黄帝,秦皇古道,扶苏遗恨,汉武挥鞭。大夏都城,高台镇北,无定河边闺泪弹。乾坤转,有缚龙少帅,兵谏西安。

黄河厚土群山,哺育了英雄万万千。叹秦谣汉赋,元征明敛,甲申年祭,惊世名篇。当代风流,二十八载,梦里曾回杜甫川。何之主、坐红墙殿内,心系民冤。

## 一剪梅·夜雨

午夜沙沙细雨声,怨怨薄衾,恨恨东风。楼前木槿为谁开?几片飞花,任意飘零。

花落花开忆五更。往事如烟,岁月峥嵘。人生好事尽磨难,恰似无情,又道有情。

## 蓦山溪·和雷珍民先生

（步〔宋〕宋自逊韵）

流年似箭，日暮才情懒。提笔欲吟诗。故悠然、寻茶赏碗。一桌手稿，叹《嫁娶》何期，时已晚。难出版。空恨书房满。

身居梨苑，心系员工饭。三载闹新冠，路解封，孰难举钱？亦忧草庶，被困在天涯，薪资断。家更远。试问谁来管？

# 词十首:金陵有感

## 蝶恋花·乌衣巷

一路凄风一路雨。司马王朝,溃败金陵驿。王谢扶皇功盖帝,乌衣巷内弹筝曲。

自古风流能几许?显赫人家,总会随尘去。不见燕来堂上觅,滔滔扬子无边际。

## 蝶恋花·李煜

云驻雨歇风亦懒。不见当年,花月珠帘卷。山上翠微箫已断,长江东去愁无限。

朝对宫娥夕寝幔。不了干戈,注定千年叹。点破江山别上苑,亡君悔泪词宗怨。

## 蝶恋花·秦淮河

灯影桨声商女恨。国破家亡,八艳芳身殉。血溅桃花千载韵,朱门青案谁人问?

多少皇妃择主寝，朝暮荣华，南北胭脂粉。雅士无聊情不忍，江山更替花如锦。

## 蝶恋花·美龄宫

绿彩宝石花海道。官邸豪华，淡淡红云绕。阶上青苔苔未老，楼空燕去无芳草。

自古名媛谁不晓。宋氏三人，褒贬何时了？四海五洲春意闹，伊人尽在丛中笑。

## 蝶恋花·桃叶渡

一叶小舟桃叶渡。流水盈盈，消得伊人苦。羽扇纶巾天已暮，芭蕉夜雨青梅煮。

摆渡两头期望处。幽径石桥，不再相思误。细语桃林兰草浦，谢王若在心生妒。

## 苏幕遮·明孝陵

灭元蒙，成大统。立帝南京，皇道千秋梦。扫佞除贪推厉政。官吏清廉，朝野升平颂。

祖归天，宫内讧。朱棣移都，北铸燕京鼎。月照独龙龙伴凤。凋卧钟山，血雨煤山笼。

## 苏幕遮·太平天国

昌辉龙,杨府虎。血雨腥风,尸垒长江堵。壶里春秋能几许?短命王朝,陨落斜阳处。

胜其忽,亡亦速。自古揭竿,尽把初心负。淫乱骄奢万民怒。无辜生灵,陪葬钟山土。

## 苏幕遮·中山陵

桂花香,苍树翠。一代功勋,紫岭华宫寐。主义未旌星已坠。颠沛一生,热血忧国泪。

建同盟,清帝废。创建民国,共把蓝图绘。为了共和欣让位。警世铜钟,唤醒游人愧。

## 苏幕遮·中华门

梦中牵,心切盼。今上城楼,欲把英雄奠。猎猎红旗灯璀璨。处处明皇,弓炮硝烟漫。

忆国危,思抗战。誓守中华,血染驱倭剑。壮士安惜七尺断。杳杳英魂,何日南归雁?

## 苏幕遮·燕子矶

燕矶哭,江水恨。酹月樽石,我把苍天问。五万军民遭戮刃。试问天皇,血债谁来论。

锁孤舟,八卦阵。临水观潮,遍地繁花锦。处处十朝笙管韵。西雨东风,万里关山近。

## 多丽·登山东天尽头

望城山,悬崖直指天边。笑秦皇,登峰蹈海,朝夕梦寐成仙。建神台,欲摘星斗,求仙药,永霸人间。箭射蛟龙,诏宣九地,李斯碑断仅残篇。古今事,帝王侯相,总想寿千年。惊雷吼,巨涛咆哮,风卷云残。

筑皇陵,长城万里,血砌骨垒尸填。尽坑杀,六国儒士。含恨死,十万红颜。屠戮苍生,暴征税赋,普天民众苦难堪。任褒贬,商鞅车裂,燕士不回还。今何故,暴秦嬴政,戴满荣冠?

# 满江红·民生（和贺娟芳）

漫漫长河君王谱，风吹浪歇。千秋事，评功论过，几经激烈。汉武秦皇杨广帝，今朝往事庐山月。问东风、愧泪对人民，空悲切。

西风雨，东风雪，民事重，极权灭。要国强民富，宇寰方热。壮士著书青史后，为民笑洒英雄血。待来日、领莽莽昆仑，朝民阙。

附：贺娟芳《满江红·新生》
信史悠悠经千载，烟云俱歇。求索事，百家兴后，晋人言列。几见隋唐开盛世，难消近代黯明月。问当时、西风渐东来，谁忧切。

裂疆恨，堪尽雪，亡国梦，终消灭。盖新文思变，学潮承缺。志士长涤华夏耻，红旗漫卷英雄血。历艰辛、世界瞩东方，惊华阙。

## 沁园春·雪

彻夜狂风,扫地惊雷,雪舞满天。看茫茫环宇,银峰似剑,彤云如虎,凤翥龙旋。玉树千枝,琼花万点,沃野冰洁胜广寒。回头顾、叹重重障翳,雾锁东山。

谁家世外桃园。纳污垢,毒蛇绕柱盘。恨蝇营狗苟,魔魑乱叫,蜘蛛结网,硕鼠贪婪。滚滚寒流,狂飙漫卷,横扫尘霾锷未残。群情望、待清平世界,共荐轩辕。

## 永遇乐·刘公岛

凭吊丁公,心潮澎湃,神泣天泪。自古英雄,一腔热血,尽付东流水。磐藩屏障,金汤战舰,竟被矮倭摧毁。论赢败,忠良葬海,卖国锦翎何罪。

秋阳艳照,人来车往,寰海镜清风媚。忆旧怀新,辞穷语咽,何以忠魂慰。马关条约,白银两亿,我辈至今心愧。叹豪女,东瀛购物,弃金似秽。

## 满江红·秦皇岛

　　几代君王，临沧海，天弓尽挽。嬴政帝、空余城阙，是非各半。汉武筑台台已破，孟德咏志君何见。辕帐处，谁再忆东征，旌旗卷。

　　胜败事，轮回转。歌易水，英雄奠。我浮瀛追日，纵情挥揽。壮士长城身战死，皇家御苑魂消散。昔已矣、远望蓟山红，人间换。

# 词十二首

读《中国人为什么要过端午节》一文，感慨颇深。忆多年游览凭吊爱国志士各地数处，思潮澎湃，夜不能寐，填词十二首以述怀。

## 潇湘夜雨·汨罗江吊屈原

热血如涛，狂飙掀浪，潇湘处处狼烟。国亡家破，持剑问苍天。云落泪，天孰不语。风怒吼，地亦无言。因何故？暴秦灭楚，权贵葬江山。

离骚传后世，九歌犹唱，天问千年。变法失败，美政空谈。香草萎，枯槁流放；韶乐断，披发凭栏。沉江底，诗魂永铸，楚韵耀空悬。

1962年、1998年、2013年三次于汨罗江祭拜屈原

## 琐窗寒·寒食节绵山感怀

莽莽绵山，群峰耸立，五龙云气。春风细雨，尽是柳条摇曳。泪梨花，千家禁烟，万人涌道寒食祭。看介

之祠处，烟飞烛灭，举樽席地。

权利。戈戟弈。叹父子残杀，帝王更替。割肱奉主，辗转荒原千里。二十秋，重耳复国，论功赏赐昔日粥。隐深山，抱母完节，火海功名弃。

## 永遇乐·过武威有感

车过河西，汉风秦野，唐月犹照。武将文臣，功高业著，早已随尘了。荒原黑水，寒石斜道，一路树秃枯草。远天际，彤云似火，马嘶断笳音杳。

鞭羊北海，留胡十九，壮志凛然不老。忍辱持节，卧冰饮雪，白雁飞塞告。李陵跪地，离愁各异，汉武锦帏焉晓。是非论，宫廷著史，祭烟绕庙。

## 水龙吟·五丈原怀古

千年五丈秋风，满天凭吊诸葛雨。祁山古道，苍林如旧，流云几许。滚滚渭河，舟横古渡，含愁东去。叹北伐大统，难违天数，华容道，葫芦峪。

首战火烧赤壁，取荆州，功分三地。联吴拒魏，关张殒命，前功尽弃。白帝托孤，出师陈表，报恩先帝。惜昏庸后主，宠奸好色，死而何矣。

## 东风第一枝·读魏徵谏太宗十思疏有感

月照西楼,灯红会所,尽为富贾金领。浚源水乃流长,断根树焉茂盛。贞观盛世,奢则变,十思三省。文帝布衣打江山,杨广后庭春梦。

西子怨,岳飞殒命。煤雨恨,大明葬送。谏言良将常疑,蜜语佞相受宠。匆匆大顺,是何故、燕京残梦。太平军,壶里春秋,骄侈乱淫尤更。

## 雨霖铃·雁门关怀古

三关要地。雁门尤险,鬼战神栗。云飞霞举星落,猿攀鸟过,风急霾翳。骨垒尸填血染,暮辉落残壁。忆往事,多少英雄,命殒雄关为民济。

赵国李牧留青笔。叹龙城,卧马夺胡骑。长城战火无数,塞下曲,晓骑良骥。代代杨家,忠勇捐躯,自古谁比。阅历史,耿耿丹心,试问今人几。

## 满江红·雪夜歇朱仙镇述怀

树动窗摇,连夜吼,漫天飞雪。今了愿,朱仙凭吊,放歌声咽。昔日战场无觅处,今朝破庙空悲切。远道客,寒夜旅孤城，乌啼血。

复北宋，西风烈。扶二帝，南朝液。叹偃旗息鼓，弃戈烽灭。血洒风波西子泪，箫吹楼榭孤山月。思当初，违令复山河，书重写。

## 望海潮·二游扬州双忠祠感怀

暮云斜雨，荒苔野草，双忠祠破残垣。群雀筑巢，石碑断墨，英雄眉锁愁颜。愧拜透心寒。赞焚诏抗旨，奉庶为天。引胫茱萸，赤心丹血卫河山。

饥荒盛世流年。叹重游旧地，浊泪潸潸。祠庙已无，高楼耸立，银花火树狂欢。尽是锦衣纶。问是谁此胆，奸贾贪官。万载烟花耻辱，梅岭亦难安。

## 水调歌头·大散关缅怀陆游

诗稿破千卷，铁马入冰河。九州风雨摇坠，几度了干戈。壮士瓜州雪夜，无奈和谈割地，梦里驾长车。泪洒散关外，兄弟放悲歌。

沈园遇，莫莫莫，怨声多。男儿莫误，沙场征战甲难脱。十万江山锦绣，三百烽烟未了，自古怎裁夺。何日轮台地，香案与翁说？

## 绮罗香·端午节读文天祥诗有感

六首抒怀①,三湘辽海,同是忠心侠胆。死里逃生,无奈又遭诬陷。灵均处,千载精神,再演绎,山河重揽。看中华,莽莽昆仑,铮铮铁骨几曾断。

辽金先后激战。无数英雄喋血,柴门涂炭。日暮南朝,焉抗大蒙弓箭。芳草梦,买马招兵,举义旗,把残局挽。雨打萍,悲叹零丁,两星天上炫。

## 贺新郎·再游扬州吊忠正公史可法

八拜煤山泪。恨难消,秦淮洒血,再拥新主。重整朝纲疏漕运,号角黄河北渡。誓大统,民心莫负。社稷焉能权利重?豆釜燃,烽火十八路。驱虏梦,愧先祖。

扬州战事连天鼓。叹男儿,承三受命,莫能恩哺。凋望长江东流去。燕子矶前日暮。多少事,江山莫睹。城破英雄身先死,啸苍穹,血染群英簿。不尽怨,咏梅处。

## 沁园春·虎门怀古

大海茫茫,往事风云,二虎锁关。看焚池犹在,残

---

① 文天祥曾写六首诗怀念屈原。

石遗垒，弹痕堡眼，铁炮镇山。旦旦林公，浩然正气，壮举销烟夷胆寒。赎黎庶，领军民奋战，海啸南天。

　　煌煌盛世康乾。尽腐败，八旗盾已残。看大英不落，殖民世界；天朝日暮，纵欲金銮。短剑长矛，火枪战舰，屈辱南京条约签。英雄路，赴伊犁大漠，著史疆边。

# 附录

附录

# 武帝山碑记

　　武帝山，为梁山西峰也。奕奕梁山，维禹甸之，蜿蜒百里，峰峦叠翠。首衔龙门，尾接黄陵，傍黄龙而呼风唤雨，极楚豫而吐声走势。丛山万仞，接天连地，莽莽古莘，龙穴凤巢。耸立合阳梁山之峰者为二十有四，其东为小飞峰，其西为仙龟峰。徐水源于东，金水源于西，犹两乳育古城而自西北至东南，注之黄河，断浑浑莘原为三截也。

　　元封六年，汉孝武赴汾阴拜祭后土，途经金水，神马仰嘶，脱缰狂奔，沿水而上，驰于山下。武帝视仙龟峰祥云覆罩，仙气缭绕，山怪石奇，花异草茂，龟首啸苍穹，势如走东海，真乃梦中之仙境也。武帝登峰极目，九派茫茫，八方朝贡，俯首山下，四道沟壑，相互交错，大众归一，尽为汉统。睹此天机，龙心大悦，随之驻跸山下，登山拜峰。次年，武帝再经合阳，筑登仙宫，求仙七日，乃天下之盛事。沧桑几度，岁月如水似流；龟峰千年，灵秀与山共存。山上升仙台，山下登仙宫，山前校场坪，山后饮马沟，皆为武帝旧时遗迹也。

汉宣帝即位，缅怀元宗，追思孝武，念其祖情钟梁山，于仙龟峰筑庙宇为武帝祠，命此峰为武帝山。凡汉帝汾阴祭后土者皆登山拜祠为例。民间亦分上下八社，逢初一十五祭之，香火甚盛。至唐，庙宇增多，亦具规模。明清之际，武帝山益为壮观，日拜山者竟达万人之余也。山顶庙殿林立、辉煌至极，武帝祠、玉皇殿、圣母庙、娘娘洞，错落有位，造型各异。晨阁映彩霞，十里群峰共辉；晚风落檐铃，四方百鸟和鸣。山下大庙更为恢宏，武帝金像过丈，显威武而动天地，双目含光，洞忠奸而明是非。手握圣贤之书，胸怀大略，美髯飘逸，神态仙风，真乃文治武功千古之一帝也。

世事无度，斗转星移，近百年间，数次浩劫。庙宇为毁之殆尽，塑像为雨中泥土，千年苍柏，伐之余几，祭祀器皿，无一完存，悲哉！

今朝欣逢盛世，晏清四海，物阜民丰，百废俱兴。合阳西有武帝，东有黄河，父山母水之结合必将孕育出合阳辉煌之未来。武帝仙山，王者之山；武帝仙山，巍巍中原。兴衰在于时事，雄势永恒于天地间。武帝仙山，将为天下旅游之名山；武帝仙山，必将为天下儒家之名山，横空出世哉！

1999年9月于白云大厦

## 梁山赋

梁山，形似屋梁，故名梁山也。溯源上古，禹母耕织于莘，禹劈龙门而疏黄水，流奔大海。山之北峰尖山者，亦有禹王庙、禹王祠，香火旺盛，缭绕数千年至今也。梁山乃中原之名山，天下皆以梁山为高。梁山东峰乃佛家胜地，汉、唐、宋、金、元、明、清代代建寺修庙，塑像贮经，寺有金佛，藏经千卷，善男信女，遍及天下。山，曾废于战火者几度，又兴于丰年者几秋，香火延续千年不断，辈辈高僧留迹佛山。

耸立梁山之巅，俯视东去，道道沟壑，游龙走凤，浑浑厚土，钟灵毓秀。徐水自后山而出，聚百泉而纳黄河。浩浩古莘，源源龙种，数千年伴之黄河，筑巢燧火，踏浪沐沙，击水搏风，多少代代，寒暑往来，耕耘树艺，朝作暮歇，瓜瓞绵延，淳风民情。

西看武帝，紫气缭绕，一峰擎天，万山朝拱，仙龟仰首，横跨神龙，归大众而成一统，衔金水而四海清。

北望黄龙，崇山峻岭，逶迤千里，变化无穷。挥拂跃之弹丸，呵气伴之涛声，恨无才唤之即来，叹天地赋予其形。

南览华岳，欲跨五峰，茫茫九派，沉沉一线，坦坦渭原，风情万种，人欢马跃，江山如画，万种烟云而尽收眼底，一派生机而饱含画中。

然则，梁山之胜景者犹在四季也。

春登梁山，梁山之景在于石。北国初春，万木萧条，石径弯弯，直抵石山，怪石悬空，一石一形，石蝉鸣雨，雾锁石龟，石蛇出洞，魔鬼石崖，莲花石座有形有神，文殊石像栩栩如生。更奇者山巅之风打石碾测风云，洞前石镜之照前生，残石残塔，沧桑见证，断头石佛，冤魂重重。

夏登梁山，梁山之景在于云。晨观云海，雾气蒙蒙，晅光穿翳，瞬息变幻，时为千幢之楼阁，时为万物之形态。此若登山，踏祥云，乘清风，犹入仙境也。午后蓝天，骄阳悬空，大地喷火，万物呻吟，一股黑云涌自山涧神潭，云伴风声，滚滚而来，似急浪翻腾，如万车轰鸣，霎时云翻一天墨，风落万山枯。一道闪电，劈天裂地，一声炸雷，万山撼摇，天河决裂，暴雨如注，时裹冰雹，横虐渭原，直扫楚豫而去。

秋登梁山,梁山之景在于林。秋风萧萧,落叶飘飘,万山红遍,层林尽染。苹果满枝,商客云集,柿子红透,璀璨欲滴,红枣核桃,板栗酥梨,谷穗沉沉,玉米璨璨,枫叶似火,山花烂漫,老榆落落,长松苍苍。

冬登梁山,梁山之景在于雪。朔风狂叫,雪片如席,乱云低垂,千山素裹。须待晴日,梁山更为娇迷,雪覆乱石,银蛇舞动,雪压万枝,冰花满地,其景象真乃"江山高悬月,日照不流云"。

梁山之石,天赋其行千姿万态。梁山之云,朝夕变化自然无穷。梁山之林,万木相竞各得其由。梁山之雪,如美人长卧,冰骨玉肌;如青锋出鞘,寒影冽光。夫登山者,或喻志,或抒情,或感怀,或明心。一物而一情也,一情而一发也。万物俱情,万感俱发,人各有志,何为归一也。

2000年9月于白云大厦

# 福山赋

福山，福为天蝎所赐，故名福山；形似巨蝎，亦名蝎子山。相传上古，大禹劈龙门而疏河道，降众妖而理太平，洪水归槽、流奔东海，然则，漏网之鱼鳖海怪，祸及百姓。木星福神，遣天蝎栖卧河水西岸，镇妖压邪，赐福人间。久而久之，天蝎之体化为巨石，亦为蝎山。蝎山之西北有天泉一眼，泉水清甘，常年涌之不竭。天旱之际，泉内潮云，漫漫天际，东风化雨，普福丰年，故曰灵泉。一山一水，阴阳相补，天人合一，中和为大本之源。

福山，神飘逸而天风，形奇特而峻险；势峰秀而挺拔，景苍翠而壮观。蝎首仰视而傲空，蝎尾蜿蜒而接原，龙涧环绕，祥云覆罩，翠柏苍苍，犹如蝎鳞。夫登福山者，进福门，拜福蝎，祈福墙，转福轮，上福台，踏福刺，循福尾，走福路，过福廊，聆福音，登福塔，身临福境，福地生花，心觅福缘。福气满山，蝎之首为福之殿堂，琼楼玉阁，错落有位，雕梁画栋，浮雕飞檐，儒家先祖之治世修身，道教天尊之道法自然，释迦牟尼因缘生起，观音菩萨之惩恶扬善，十大药王之扶贫济世，桃园结义之忠肝义胆，送子娘娘之人间香火，西岳圣母之神人姻缘，一庙一神，一神一福，一人一福，一步一福，一念一福，一语一福，福福相随，福福皆连。福随生命而至，生命伴福而永恒焉！

极目蝎山之巅，遥遥东方，脉通晋鲁，络连楚南，福照滔滔之龙门，瑞至浑浑之潼关，仙接渺渺之蓬莱岛，灵通巍巍之太行山。蝎首俯视，大河九曲，黄浪腾空，厚云积岸，飞浮掠影，芦海藏天，鱼跃浅底，雎鸠关关。嗟夫！后土祠、飞云阁、秋风楼、司马庙、普救寺、鹳雀楼、三河口、函谷关、东雷抽黄、木罂烽烟、吴王城堡、丰图义仓，一览无余，泱泱大观。百鸟翔集，鸣福之于长空；万木相竞，歌福之于洽川；秦驿尽染，沐福之于朝阳；流水欢唱，起福之于微澜。

殿堂之西南，有转角楼一幢，曰：消灾楼。游人登楼，乘转盘，祈心愿，闭双目，吐箴言，逆顺十匝，病灾即除，瑞气临身，福运连连。檐铃阵阵，祈福之不断；清风徐徐，施福于万年。

嗟夫，何谓福也？福从何来？福山之福，曰之九福，

## 附 录

一福富、二福寿、三福康、四福德、五福和、六福怡、七福顺、八福旺、九福久。职业之不同,信仰之各异,自身境遇之有别,人生观之所崇,所祈福之亦不同。平庸者以己福为福,高尚者以天下福为福,福源于善,福生于微,诚心所至,洪福自来。勤劳而得福,厚德而载福,宽容而有福,极欲而无福,和为真福,平为常福也。

## 处女泉赋

公元2000年12月31日,农历庚辰岁十一月初六,落日如盘,色似火涂,余棉装厚裹,驱车洽川,观处女泉岁末夜之瞬变,与处子神共跨千年之梦幻。隆冬初夜,地冷天寒,湿气侵人,北风如剑,上朔月芽,渐为原衔。枯苇萋萋,乱絮朵朵飞天,银波叠叠,鳞甲层层连环。若夫!泉水腾腾泛起,烟雾漫漫,素纱笼罩天穹,处子玉身,隐隐可现,宛若乳燕掠水,双翅滑翔,丹喙啄妍,又如美人鱼之仰卧,以尾击浪,波荡微澜,体态多姿,魔幻万千。美哉,古今者绝代佳人于此也!

长空繁星而缀挂,大地墨色而浑然,黄河拍岸之涛声,来自东山,牛哞犬吠,旷野洽川。时之处女泉,将近滚沸,雾气喷涌,白絮团团,形如嫦娥奔月,状似天女散花。处子神素衣素裙,素形素练,冰峰如丘,丝带绕缠,恰似千手观音之妩媚动态,又如冰与火柔术之冷剑。美哉乎,睹此美景,千年之无缘之遇也!

朦胧之际,泉水豁然分开,余欣然入泉。碎石曲径,通幽弯弯，异花奇草，五彩斑斓，忽闻一鸟，似鸣关关，又闻一鸟，随之关关，雌雄二调，合鸣相牵。碧水清澈而见底，鱼虾互戏而共欢，大泉若斗，小泉似拳，金沙轻绸，拂身春蚕。奇哉！妙哉！千古奥秘，天地为之惊叹；自然美景，人神往返流连。

"先生，处子神楼内恭候。"妙声刚落，两女子款款而至。余瞠目视之，来者身姿窈窕，短发齐肩，面若艳桃，眉似黛山，黑眸放光，含情脉脉，朱唇启动，酒窝秋潭，白素裹身，飘飘欲仙，两乳突起，犹如巫山神女之峰，纤纤细指，宛若天鹅湖芭蕾之美嬗，五寸高跟，托起琼脂之身，轻轻移步，恰似香风玉兰。余惊骇之际，自语而问，何处水域，竟有如此之婵娟？余如醉、如梦、如痴、如呆，不知所措，何以所言，身不由己，随美女进楼而观。嗟夫，室堂正壁，悬挂巨幅处子沐浴裸体之图案，处子羊脂柔体，仰卧水眠，秀发飘浮，恰似墨莲，两臂轻轻向前滑动，泉起叠叠微澜，下肢略弯而后蹬，诗韵之声，伴有潺潺，处子羞隐之处，尽为天地窥之无遗焉。处子朱唇微启，呼呼白雾，自口而喷，霎时若大纱帐，画泉为圆。百鸟为之动容，翔飞于空，且为处子天然之美而歌赞；芦草为之惊艳，随风而动，为处子人间精灵而蹁跹。

适此，俩女子随一红衣女侧室而出，女子着衣，身态与前者无异哉。红衣女视我嫣然一笑，余已魂从体出，飘飘然乎，醉眼蒙眬，情火欲燃。红衣女奉茶一杯，洁齿雀舌，诗语铃声，"极品大红袍，请君品之"。余双手捧茶，凝眸而视，红衣女身着中华旗袍，淡黄呈红，天蓝斗披，三面围颈，黄色长发，波浪垂肩，今影星之妩媚，模特之风情，歌星之气宇，才女之雅瓴，尽为红衣女之一冠也。此女与沐浴处子神竟为一人哉。余试问：尔为天上处子神，何来此行，着今人之装，寓与今同？红衣女笑曰：五千年始，此泉为瑶池宫之温泉也，因我恋人间之美景，王母移此泉于黄河西岸，侍我沐浴，赐曰处子泉。四仙女者与我相伴，因思凡之心，先后遣于人间，即为大禹、文王、武王之母，商汤之妃也。今洽川未出阁之淑女，皆于此泉沐身养颜也，俗曰：处女泉。天地同进，人神共步，万物呈新，为自然之大道也。今人间之美景犹胜天庭也。余默然无言。

红衣女邀余共舞，余欣然从命。四仙女移步舒袖，笙歌随之而和，舞姿盈盈，情意绵绵，风起云生，物转室旋，雎鸠共唱，伊人同欢，一曲未了，心旷神怡，舞兴方酣,星斗阑珊,红衣女与余携手相视,灵犀相通而毋言,跨步同飞,跃舟破浪而扬帆。余把酒临风,仰天长呼:若夫,今生之大幸也!

梦醒,东方发白,处女泉有数女结伴冬泳,一红衣女神态笑貌,恰似梦中之处子神也。诗曰:人神共襄世纪梦,处子伴余跨千年。

# 《岳阳楼记》笔会序

丁卯年季月,余创业忧乐园。因其名源于范仲淹忧乐二句,德荣君赠书《岳阳楼记》,惜其质乃布,已腐而无存。时隔十秋,余事于白云大厦,德荣君重书《岳阳楼记》,悬于庭壁,览者皆悦,誉其文而赞其书,激其绪而荡其心。

合阳文、书、影、画、乐各界良贤,多聚于白云深处,论文咏诗,书墨描丹,当今经济潮流如猛水之际,有一寸隅而知书者常达,真乃文化之大幸也。

由余倡议,西安合阳籍书画家珍民、荣敏、河声、彦宏,合阳书林六君德荣、文兴、武成、建龙、朋寿、赵公耀曾,摄影师双乾、强民,共聚白云,展纸泼墨,各现千秋,诸君俱书《岳阳楼记》,荣敏墨描范公之肖像。虽无兰亭之雅,尽展白云之风也。

余初登岳阳,年方弱冠。孑然一身,心绪凄然,茫茫楚地,云急雨苦,滔滔洞庭,浊浪连天,大有阴风怒号虎啸猿啼之势,其情感而甚悲。时值灾年,百业待举,余凭书生之意气，持少年之无知，漫踏九州，索求真理。自负王勃之才，曾诩李白之狂，吟仲淹之忧乐，抒少陵之哀怨，步至茅庐，长跪诸葛，泛舟汨罗，拜谒屈原。呜呼！理尚正，路失偏，一足之谬，遗恨绵绵。

今赴岳阳，年已半百，携妻步高楼，极目洞庭天，千帆竞万姿，茶客满君山。彩楼朱阁，游人如梭。余激情满怀，诗意盎然，购物留影，品茗凭栏。真乃春和景明波澜不惊之天，其心洋洋者极。

长江东流去，忧乐数十年。余晨以名句静其心，暮以名句律其行。夜居高宅，须知天下寒士未了；昼谈美味，岂忘四海失学之童。呜呼！今天下为仕者何不以范公懿德为范耳？宦者，苍生尤先；庶者，社稷当重。上奉于国，下事于民，忧于天下，乐于天下哉！

以此为序。

时戊寅年秋于白云大厦

# 后 记

我从小喜欢看古典戏曲，也买了不少古典戏剧本，加之喜欢读古典小说，渐渐地爱上了古典诗词，也学写了不少诗词。在那个年代，古典诗词知识的书籍非常稀缺，我也没有系统地学过这方面的知识，大部分习作的平仄韵律很不规范。但有些诗饱含着青春岁月澎湃奔放的激情，从内心迸发出来的词语往往情不自禁、脱口而出，至今回味无穷。由于各种原因，大部分诗作已佚，现存的寥寥无几。

《天下斋吟稿》大部分是我近20年的习作，内容涉猎面较广，组诗较多，如《纪念全民族抗战爆发77周年诗四十首》等，其中有歌颂祖国大好山河的，有对旧事追忆的，有对已故友人悼念的，有和诗友唱和的，有即景抒情的，有写打工群的，有对历史人物和历史事件评论的，有反映农民对美好生活诉求的等。诗稿分类有古风、五律、七绝、七律、词等，另外附录部分收有记、赋、序五篇。

诗稿所用韵律按中华新韵填写，诗词通韵。早期创作参照秦似先生所著《现代诗韵》（广西人民出版社1975年版）"十三韵"，后来参照上海古籍出版社出版的《诗韵新编》"十八韵"，近几年参照赵京战先生编著的《中华新韵》（中华书局2011年

## 后 记

版)"十四韵"。填词早先以王力先生编著的《古体诗词十讲》词谱填写,后来基本用上海古籍出版社出版的《白香词谱》填写。

在整理出版过程中,沈永其、萧绪康先生不辞辛劳出了不少力,也提了一些宝贵意见;贺娟芳女士对诗词的平仄和韵律做了详尽的校对;姚敏杰、周燕芬、张艳茜、党晓绒等老师就诗集出版的有关事宜提了许多指导性的建议;刘炜评老师在百忙中为本书作了序。对他们的付出,我表示衷心的感谢。

由于本人古典诗词知识浅薄,书中难免会出现一些错讹之处,欢迎读者批评指正。

党宪宗

2024 年 3 月 15 日于天下斋